조춘성 수기
어머니의 아리랑

이 도서의 국립중앙도서관 출판예정도서목록(CIP)은 서지정보유통지원시스템 홈페이지(http://seoji.nl.go.kr)와 국가자료종합목록시스템(http://www.nl.go.kr/kolisnet)에서 이용하실 수 있습니다.
(CIP제어번호 : CIP2019006305)

논픽션 · Nonfiction

어머니의 아리랑

'얼마를 더 울어야 눈물이 마르려나'

조춘성 수기

신이 어찌 인간의 고통을 알리오
자살도 허락지 않는 신이 어찌
인간의 슬픔과 외로움을 알리오

지구문학

| 시작하면서 |

용은 인간이 만들어낸 상상의 동물이지만 동물 중에서 가장 용맹스러운 동물이다.

용은 힘과 용기와 정의와 투쟁의 상징이며 빛나는 명예와 자유의 동물이다. 그리고 세상의 어느 동물보다도 인간에게 관심을 주는 동물이다.

몇 백 년, 몇 천 년 묵은 건축물이나 미술품에서도 볼 수 있지만 당장 우리 주변에서도 볼 수 있다. 각종 경기의 우승컵이나 깃발에 새겨진 조각이나 자수가 그것이다. 그리고 성공한 후손들의 조상의 묘에 세워진 비석이나 묘석의 받침대나 갓에 새겨진 조각들이 그것이다.

허나 한국의 겨울용만은 미꾸라지만도 못하다. 얼음 속에서 죽은 듯이 때를 기다리지 않으면 손톱 발톱에 피를 흘리고 얼음을 깨고 나와야 하는데 그렇게 나온들 기다리는 것은 죽음뿐이다.

온 천지가 눈으로 하얗게 덮여 있으니 어디 간들 살 수 있겠는가.

1940년 동짓달 초열흘 겨울 용띠 내 인생의 상징이다.

※ 이 글은 1992년 '조성두' 란 이름으로 출간한 저자의 수기 《황선지대》의 첫 부분이다. 표절이라는 오해의 소지를 없애기 위해서 밝혀두는 바이다.

어머니의
아리랑

어머니의
아리랑

1

저주로 태어난 생명

종교나 철학의 이름을 빌리지 않더라도 자신에게 주어진 모든 상황은 결국 자신이 택했다는 결론에 도달하지만 하나만은 아니다. 세상에 태어난 사실 말이다. 그것은 부모의 선택에 의한 것이다. 그러다 보니 유전적으로는 말할 것도 없고 정신적, 물질적인 영향도 받을 수밖에 없다. 그러다 보니 잘 살고 못 사는 것도, 잘 배우고, 못 배우는 것도 부모의 영향일 수밖에 없다.

쉬운 예로, 재벌의 자식은 재벌 되고, 학자의 자식은 학자 되고, 예술가의 자식은 예술가 되는 게 거의 상식 아닌가. 부모가 일구어 놓은 바탕 위에서 부모의 인생관을 닮기 때문이다. 물론 그렇지 않은 경우도 많이 있다. 자신의 의지와 노력으로 자신이 가고 싶은 길을 가고 그 길에서 성공한 사람들 말이다. 허나 거기에는 많은 갈등과 인내가, 그리고 노력이 있어야 가능하다.

바보 같은 핑계가 되겠지만 후회뿐인 나의 인생, 상처뿐인 나의 과거는 어디에서 왔다고 보아야 정답이 되겠는가?

부모의 영향인가? 내가 만들어 가진 나의 선택인가?

4남매 중에서 아들로 태어난 나는 축복 받지 못하고 저주로 태어났다. 나를 낳지 않기 위해서 어머니는 간장을 대접으로 마시고, 한겨울 눈밭을 맨발로 헤매기도 하셨다고 했다. 1940년대, 지금처럼 병원이 흔했거나 유산의 상식이 많이 알려지지 않았던 시절에 할 수 있는 방법은 그것 밖에 없었다고 하셨다.

그러면 태어나지도 않은 생명이 왜 그토록 저주스러웠을까? 무엇 때문이었을까?

그 의문은 나중에 풀기로 하고 우선 신에게조차 저주 받은 생명이라고 말하고 싶다.

세상에 태어난 사람이라면 누구든 죽음의 문제를 생각하지 않은 사람이 없겠지만 나는 평생 동안 죽음만을 기다려 왔고 인간의 죽음이란 신의 축복이라고 생각했다. 그렇다면 인간이 세상을 산다는 것은 신의 저주라는 뜻이 되겠는데, 그렇다. 적어도 나에게만은 그렇다. 그만큼 세상사는 게 고통스럽고 의미도 없었다.

죽음이란 모든 고통으로부터 해방되는 축복이다. 나는 그 축복의 기회가 몇 차례나 있었는데 불행하게도 그 축복을 받지 못했다. 세상 사람들은 그것을 기적이요 신의 축복이라고 기뻐하지만 나는 신의 저 죽음이란 모든 고통으로부터 해방되는 축복이다.
나는 그 축복의 기회가 몇 차례나 있었는데
불행하게도 그 축복을 받지 못했다.
세상 사람들은 그것을 기적이요 신의 축복이라고 기뻐하지만
나는 신의 저주라고 굳게 믿고 있다.

주라고 굳게 믿고 있다. 지루할 정도로 많은 예를 다 들 수는 없지만 누가 들어도 상황을 인정하고 또 많은 사람이 기억도 할 수 있는 사건 세 가지만 짚고 넘어 가고자 한다.

첫째는 6.25 한국전쟁과 관련된 사건이다. 지금의 경춘선 전철 김유정역이 있는 인근에 '실내'라는 마을이 있었는데 33호중 세 집만 남기고 30호 식구 모두가 몰살을 당했다. 인민군에 의한 것이 아니라 우리 국군에 의한 것이었는데 사연인 즉 다음과 같다.

전쟁이 터지면서 미처 인민군의 포위망을 뚫지 못한 국군 2명이 마을 뒷산에 숨어 있었다. 헌데 이때 인민군이 마을에 들어오자 세 집을 제외하고는 모두가 인공기를 들고 환영을 했다는 것인데 수복이 되면서 국군과 합류한 두 군인이 이 사실을 밝혔다. 국군은 30호 주민 모두를 끌어내어 몰살을 시켰다.

이때 나는 몰살당한 한 가정에 아이 돌보미로 가게 되어 있었다. 헌데 나를 떼놓고 저 멀리 조밭 사이로 사라지시는 어머니를 본 나는 허겁지겁 어머니를 따라갔다. 어머니는 돌을 집어 던지며 따라오지 못하게 했으나 나는 울면서 외가까지 따라갔다. 어머니께서도 하는 수

없었는지 외가에서 돌아오는 길에 이 동네에 맡기기로 약속했었는데 불과 며칠 만에 돌아왔으나 마을은 그 지경이 되어 있었다.

내가 만일 어머니를 따라 나서지 않았었다면 나는 꼼짝없이 죽었을 것이다. 누가 나를 그 집 아이가 아니라고 말해 줄 리도 없었겠지만 말해 주었다 한들 흥분한 군인들이 들어주기나 했겠는가. 지금도 그 마을에 이 사건이 전설처럼 남아 있는지는 모르겠지만 남과 북의 이데올로기 갈등이 빚어낸 역사적 비극이 아닐 수 없다.

우리에겐 낚시꾼에게 매운탕 한 그릇을 팔고, 약초 채집자에게 통닭 한 마리를 삶아준 화전민이 고정간첩이라는 누명을 쓰고 사형을 받았던 시절도 있었다. 최근에 재심으로 줄줄이 무죄가 된 사건들도 있지 않은가. 당시 세상을 깜짝 놀라게 했던 통혁당 사건과 독일 동백림 사건, 그리고 이중간첩으로 몰려 사형을 당한 이수근 사건이 그것이다.

기적의 경제를 일으키고도 후일에 비난을 받아야 했던 것은 바로 이 때문이다. 죄 없는 사람들의 숱한 희생 말이다.

서울구치소 보안과장 한수천의 동생인 한광수 의무과 부장 입회하

내가 만일 어머니를 따라 나서지 않았었다면 나는 꼼짝없이 죽었을 것이다.
누가 나를 그 집 아이가 아니라고 말해 줄 리도 없었겠지만
말해 주었다 한들 흥분한 군인들이 들어주기나 했겠는가.
지금도 그 마을에 이 사건이 전설처럼 남아 있는지는 모르겠지만
남과 북의 이데올로기 갈등이 빚어낸 역사적 비극이 아닐 수 없다.

에 이수근의 죽음을 확인하기 위해서 내 손으로 관을 뜯었다면 내 인생 역정도 짐작이 되고도 남으리라.

두 번째는 탱크 사격장 타겟 뒤에서 살아난 일인데, 지금은 백석 어디엔가 있다는 제1탱크 대대가 휴전 직후에는 강원도 춘성군 사북면 신포리란 곳에 있었는데 매일 사격연습을 했다. 헌데 어느 날 사격소리도 나지 않고 골짜기 입구에서 보초 서던 군인도 없었다.

나중에 알고 보니 점심시간이었는데 나는 그 시간에 갈대를 꺾기 위해서 개울을 타고 골짜기로 들어갔던 것이다. 갈대는 작살 대신으로 고기 잡는 데 화살로 쓰는 것이었다. 헌데 갑자기 총성과 함께 개울물에 총알이 떨어졌다. 순간 나는 학교에서 배운 대로 바위 뒤에 몸을 숨기고 물에 잠겨 있었다. 그 동안에도 개울물에는 총알이 떨어지며 물방울을 일으켰고 사격이 그친 뒤에 일어나 보니 내가 등지고 있던 바위 앞면에는 총알이 긁고 간 자리가 하얗게 있었던 것이다.

그리고 세 번째는 1963년 경기도 시흥군 안양읍 호계리 몰압산 아래 군 폐탄 처리장에서 있었던 폭발사고인데 당시 얼마나 큰 사건이었냐 하면 군포역을 지나는 열차의 유리가 깨졌다는 보도도 있을 정

도였다. 나는 그때 바로 몇 백 미터 떨어진 곳에서 일을 하고 있었는데 마침 화장실에 갔던 순간이었다. 나중에 비상이 끝나고 돌아와 보니 바로 내 작업 자리에는 브이(V)자로 깨진 슬레이트가 꽂혀 있었다. 지붕의 높이와 슬레이트의 크기로 보아 신체 어디를 맞아도 죽을 수밖에 없는 그런 상황이었다.

그러나 신은 또 한 번의 축복을 내린 것이 아니라 저주를 내린 것이다. 그만큼 나에겐 산다는 게 힘들고 희망이 없었다.

2

어머니의 아리랑

'부모덕 없는 년은 서방덕도 없고, 서방덕 없는 년은 자식덕도 없다' 고 염불처럼 어머니께서 하신 말씀이다.

깊은 뜻은 몰랐지만 나는 이때마다 어머니의 가슴에 못을 박는 일은 하지 않겠다고 결심을 하곤 했다.

그런데 그 자식이 사람을 죽이고 무기징역을 선고받고 16년이란 세월을 감옥에서 보냈다. 어디 그뿐인가 교도소의 철새란 이름이 붙을 만큼 문제아로 찍혀 이감을 수시로 다녀야 했다.

이 책의 편집구성상 아들의 이야기는 뒤로 미루고 먼저 외할아버지와 아버지의 이야기를 살펴보기로 한다.

어머니의 고향은 강원도 춘성군 서면 신매2리(지금은 춘천시로 편입됨)란 곳이었는데 어머니는 열세 살 때 함경도 어느 산골 화전민 집에 민며느리로 들어가셨다. 민며느리란 다 알다시피 가난했던 우리네 시절 입 하나라도 덜기 위해 일찌감치 시집을 정하여 딸을 보내던 풍습이 아닌가. 허나 어머니는 가난해서가 아니라 한양조씨 양반 집을 놓치지 않기 위해서라고 외할아버지의 말을 인용하셨다.

외할아버지는 일제강점기 때 목상을 하셨는데 직접 산판을 찾아다니셨다. 그런 중에 화전민들이 사는 함경도 어느 산골에서 욕심나는 총각을 만났다. 외할아버지는 그 즉시 총각을 앞세우고 그의 부모를 찾아가 만났다. 그리고는 단도직입적으로 혼사와 관련한 심중을 밝히셨고, 그쪽에서도 거절할 이유가 없다는 동의를 받았다.

목상이라 하면 돈도 있으리란 생각도 들었겠지만 저절로 들어오는 며느리를 마다할 이유가 없었던 것이다. 그야말로 넝쿨째 굴러온 호박이 아닌가. 그리고 어머니는 3년 뒤 열여섯에 혼례식을 올리셨다. 친정에 알릴 길도 없었고, 딸자식을 버린 듯 외할아버지가 찾아오지도 않아서 아무에게도 축복 받지 못한 혼례였는데 그때부터 우리네 어머니들이 겪어야 했던 시집살이가 시작되었다.

시집살이란 원래 시집가서 산다는 뜻이었는데 언제부터인가 모진 가혹 행위를 뜻하는 말로 변질되어 쓰이지 않았는가. 그렇지 않아도 여자에게 시집은 운명이었다. 자신의 의사와는 관계없이 부모가 결정하면 그대로 순종해야만 했다. 그러다 보니 가혹 행위도 참아야 했고, 신랑이 청각 장애인이건 시각 장애인이건 심지어 앉은뱅이(하체마

법도 모르고 권리도 몰랐지만
어머니는 본능적으로 아버지의 첩네 집을 찾아가서
살림을 부수거나 심지어는 방화까지 했다.
그러고 나면 시집 식구들이 어머니에게 집단으로 달려들어 폭행을 가했다.
1930년대 함경도 산골 풍속으로는 며느리 때리는 것이 하나도 흉이 되지 않았다.

비)라도 평생을 말없이 살아야만 했다.

산골 오지나 섬 오지에 마을이 형성된 동기가 바로 그것이 아닌가 싶다. 한 번 들어가면 죽을 때까지 인간세계로 나올 수 없다는 체념뿐이었다. 그러다 보니 남편이 일찍 세상을 떠나도 혼자서 자식을 지켜야 했고, 섬이나 산골 오지를 지켜야만 했다. 흔한 일은 아니지만 남자가 육지 바람이 나고 도회지 바람이 나서 떠나버려도 여자는 그 가정을 책임져야만 했다.

어머니도 그랬다. 큰 누나를 낳으면서 아버지는 방황하기 시작했다. 방황이 아니라 방탕이었다. 그것을 시집에서는 어머니의 탓으로 돌렸다.

법도 모르고 권리도 몰랐지만 어머니는 본능적으로 아버지의 첩네 집을 찾아가서 살림을 부수거나 심지어는 방화까지 했다. 그러고 나면 시집 식구들이 어머니에게 집단으로 달려들어 폭행을 가했다. 1930년대 함경도 산골 풍속으로는 며느리 때리는 것이 하나도 흉이 되지 않았다.

나의 생각이긴 하지만 아마도 어머니는 심한 우울증에 걸리셨던 모양이다. 첩을 상대로 한 분풀이와 시집 식구들의 폭행이 되풀이됐고 급기야는 두 딸을 안긴 채 쫓겨나고야 말았다.

지금도 8,9십대 할머니들에게서 이야기를 들어보면 분가할 때 숟가락 하나 제대로 가지고 나온 게 없다고 하는데 1930년대에 쫓겨난 어머니야 말해서 무엇 하겠는가.

이렇게 해서 쫓겨난 어머니는 어떻게 해서 강원도 평강이란 곳까지 떠밀려 오게 되었는지 구체적인 설명이 없었으니 나도 알 수가 없고, 그렇다고 꾸며 낼 수도 없지 않은가. 큰 누나는 걸리고, 작은 누나는 업고 머리에는 생선 광주리를 이고 도붓장사를 했는데 사람들이 측은하게 여겼던지 여간 장사가 잘 되는 게 아니라고 하셨다.

원산에서 생선을 떼어 가지고 오다 보면 열차에서 이미 빈 광주리가 될 때도 많았다고 하셨다. 그러기를 몇 해 지나 성산이란 곳에서 생선가게를 차리게 되었는데 장사가 불같이 일어났다는 것이다. 일을 마치고 저녁에 돈 서랍을 가지고 들어가면 방바닥 하나 가득히 돈이 깔리고 가게 한구석을 헐어가도 자리가 나지 않을 정도로 가게는 날로 커져갔다.

어떻게 알았는지 아버지가 나타나서 행패를 부리기 시작했다.
처음에는 여자를 정리하기 위해서 돈이 필요하다며 뜯어가다가
다음에는 무슨 일이 잘못되어 감옥에 가게 생겼다고 뜯어갔고,
나중에는 노골적인 폭행이 시작되었다.
어머니에게는 하루하루가 지옥이었다.

그러나 그 행복은 그리 오래가지 않았다. 어떻게 알았는지 아버지가 나타나서 행패를 부리기 시작했다. 처음에는 여자를 정리하기 위해서 돈이 필요하다며 뜯어가다가 다음에는 무슨 일이 잘못되어 감옥에 가게 생겼다고 뜯어갔고, 나중에는 노골적인 폭행이 시작되었다. 어머니에게는 하루하루가 지옥이었다.

요즘 같으면 흔한 게 이혼이지만 당시에는 이혼이란 말조차 들어보지 못했다. 설혹 안다고 했던들 이혼을 할 수가 있었겠는가. 방법이나 절차도 몰랐을 게 아닌가. 이런 상황 속에서 나를 가졌으니 낳고 싶었겠는가.

엄마가 자식들을 미워하는 건 남편 때문이다. 아빠가 자식들을 미워하는 것 역시 아내 때문이다. 그래도 참고 사는 건 자식들 때문이다. 부부간에 미워하며 산다는 게 얼마나 힘이 들겠는가. 차마 어머니 입으로 그 추잡한 말을 할 수가 없었겠지만 아마도 어머니는 남편으로부터 성폭행을 당하셨던 모양이다. 그렇지 않았다면 왜 어머니는 나를 가진 사실을 몰랐고 또 안 후에는 지우려고 애를 쓰셨겠는가.

아버지는 어머니에게서 돈을 빼앗아갈 때 잠든 틈을 이용하거나 빨

래 방망이나 다듬이 방망이로 머리를 때려 기절시킨 후 뒤져갔다. 그렇지 않으면 완력으로 어머니를 당하지 못했다. 어머니도 여러 가지 경험담을 말하셨지만 나도 자라면서 초인에 가까운 어머니의 체력을 보아왔다.

한 가지 예를 든다면 남자들과 똑같은 지게질을 하고 장정 네 사람이 들어서 머리에 이어준 볏짐을 단숨에 목적지까지 이어 날랐다는 사실이다. 어머니의 이 같은 체력은 타고 났는지도 모르지만 열세 살 어린 나이 때부터 시어머니를 따라 나물을 뜯으러 다니고, 또 시아버지를 따라 화전을 일군 데서부터 오지 않았는가 싶다.

자식이지만 남자이기 때문에 쉽게 말하지만 참으로 어머니의 어린 시절은 눈물겨운 시절이었다. 아니 일생 전부가 고통의 세월이었다.

어느 날 어머니는 월남을 결심했다. 더 이상 버틸 힘도 없었지만 의지할 곳도 필요했다. 물질이 아니라 정신적으로 너무나 힘들었고, 친정이란 생각만 해도 눈물 나게 그리운 곳이었다.

이 무렵 하늘의 도움이었는지 외할아버지, 어머니의 아버지가 나타나셨다. 어머니는 계획을 세웠다. 세 아이(여동생도 하나 있었음)와 어느 날 어머니는 월남을 결심했다.
더 이상 버틸 힘도 없었지만 의지할 곳도 필요했다.
물질이 아니라 정신적으로 너무나 힘들었고,
친정이란 생각만 해도 눈물 나게 그리운 곳이었다.

함께 살 수 있는 자금이 필요했다. 어머니는 외할아버지를 통해서 재산을 도피시켰다. 그리고 나를 먼저 외가에다 데려다 놓고 다음에 13살 난 명학이란 누나와 3살 난 명자라는 여동생을 데려올 계획이었다. 나이를 알 수 없었지만 옥녀라는 큰누나는 이미 시집을 갔기 때문에 어쩔 수 없었다. 그러나 어머니의 꿈은 이루어질 수 없었다. 갑자기 남북이 막혀 버렸기 때문이다.

2018년 이산가족 상봉에서 보면 68년의 헤어짐이라고 하지만 우리는 73년이다. 1946년에 월남했으니 말이다.

주위에선 우리도 남북이산가족 상봉 신청을 하라고 하지만 하지 않고 있다. 두 번 울지 않기 위해서다. 잠시 만났다가 헤어질 때 또다시 울어야 하지 않겠는가. 누군지도 모를 얼굴로 변해 버린 가족들보다는 옛날의 기억 그대로 그리워만 하고 싶다. 아무리 천륜이 무섭다고 해도 아버지만은 보고 싶지 않다. 만날 기회가 있어도 만나지 않을 것이다.

어머니와 내 인생, 그리고 누나와 여동생의 비극은 무엇으로도 보상될 수 없다. 죽음으로도 안 된다. 그보다 더한 가족들의 철저한 외면만으로도 안 된다. 선량하게도 이 땅에는 남자들의 횡포와 부도덕에 희생된 여성들을 위로하는 법은 없다. 미투라는 바람마저도 사라져가고 있지 않은가.

어머니에게 평생 용서할 수 없는 상처를 안겨 드린 사람은 비단 아버지만이 아니다. 이 글 모두冒頭에서도 밝혔지만 외할아버지 역시 남만도 못한 흉측한 범죄자였다. 월남을 계획하고 준비한 모든 자금을 한 푼도 돌려주지 않고 착복하고 말았던 것이다.

내가 월남한 후 단 한 번도 만날 수 없었고, 외할아버지가 세상 떠난 후에야 소식을 알 수 있었는데 외할아버지는 이미 젊은 시절부터 두 살림을 하고 있었던 것이다. 그쪽에도 이쪽의 어머니나 외삼촌과 비슷한 나이의 두 아들이 있었던 것이다. 결국 그럴만한 정도 없었겠지만 이쪽에서 장례마저 치르지 못했던 것이다.

결국 어머니의 소박한 꿈은 산산이 부서졌고, 별 수 없이 새로운 길을 열어 나갈 수밖에 없게 되었다.

3
또 한 번의 이별

허망하게도 네 식구의 보금자리 자금으로 믿었던 희망이 사라지자 어머니는 새로운 길을 찾을 수밖에 없었다. 그 길은 나를 친정(외갓집)에 맡기고 어머니는 식모살이 가는 길이었다.

헌데 매정스럽게도 외갓집에 나를 맡기는 데 조건이 있었다. 어머니가 자리 잡힐 동안만이니까 거저 맡아 줄 만도 한데 한 달에 쌀 두 말을 받기로 하고서였다.

후일 어머니의 이야기로는 외갓집에 맡긴 돈만 해도 몇 년은 보살펴 줄 만하였다고 했다. 여섯 살에 본 나의 기억을 믿어줄 사람이 있겠냐만 한 번은 외사촌 큰형에게 또 한 번은 작은형에게 돈을 보낸 사실을 나도 알고 있다. 큰형에게는 지전을 옷 속에다 누벼서 보냈고, 작은 형에게는 무말랭이 속에다 숨겨서 보냈다.

이것이 아니라 하더라도 동기간에 충분히 조카를 맡아줄 수 있는 일인 데도 외삼촌은 소위 양육비를 전제 조건으로 제시했다는 것 자체가 남매로서의 의리도 인정도 없는 처사였다.

게다가 나는 머슴을 따라다니며 집안일을 도와야 했다. 여섯 살짜리 어린 게 일을 도우면 얼마나 돕는다고, 어린 나는 일꾼을 따라다니는 것만도 벅찬 일이었다.

그런데 나는 이보다 더 견디기 어려운 일을 견뎌야만 했다. 그것은 외사촌 형들의 구박과 외숙모의 눈치였다. 그리고 세상에서 가장 무서웠던 외삼촌의 특별한 성격이었다.

"우리 5남매가 아버지한테 맞아서 허리 병신 안 된 자식이 없다"고 지금 74세 먹은 막내딸이 증언하듯이 외삼촌의 성격은 참으로 무서웠다. 아무도 그 성격을 막을 자가 없었다. 그 성격이 하나밖에 없는 누이동생과 20년 넘게 원수로 살기도 했다.

말이 나온 김에 살피고 넘어갈 것이 있는데, 1.4후퇴 때의 일이다. 피난을 가지 않으신 외할머니가 세상을 떠나셨는데 그게 어머니 때문이라는 것이었다. 후에 안 사실이지만 피난을 반대한 사람은 어머니가 아니라 외숙모였는데 추궁 과정에서 어머니라고 둘러댔던 모양이다. 아니면 일이 생겨도 크게 생길 상황이었다.

나중에 어머니가 이 사실을 알았지만 어머니는 침묵하셨다. 아들딸 낳고 잘 사는 가정을 그대로 보호해야 하겠다는 생각에서였다. 그만큼 외삼촌의 성격은 난폭하고 사리 분별이 어두웠다.

여섯 살짜리 어린 게 일을 도우면 얼마나 돕는다고.
어린 나는 일꾼을 따라다니는 것만도 벅찬 일이었다.
그런데 나는 이보다 더 견디기 어려운 일을 견뎌야만 했다.
그것은 외사촌 형들의 구박과 외숙모의 눈치였다.
그리고 세상에서 가장 무서웠던 외삼촌의 특별한 성격이었다.

결국 내가 옥중에서 이 사실을 풀었다. 세월도 많이 흘렀을 뿐더러 살인까지 한 생질의 진실을 믿지 않을 수가 없었을 것이다.

아무튼 외삼촌은 그 성격 때문에 노후가 여간 불행한 게 아니었다. 전신 마비의 중풍이 왔는데 자식들이 서로 모시지 않기 위해서 밤중에 들것으로 들어다 서로의 문 앞에 놓고 가곤 했다.

아들들도 아니고 딸들의 말을 들어보면 아침에 문을 열기가 불안했다고 했다. 자기 업보이지만 자식들을 도덕적으로나 인간적으로 가르친 게 없으니 당연한 귀결이었다.

겨우 여섯 살 밖에 안 되던 나도 외삼촌에게 맞아서 기절했던 사실이 있었다. 기절뿐만 아니라 강물에 갖다 버리라는 것을 외할머니가 나를 안고 피신해서 살려냈던 것이다.

아직도(2015년 당시에도) 그 금산초등학교는 폐교가 되지 않고 건재하지만 내게는 참으로 가슴 아픈 추억이 있는 학교다. 1946년 가을 운동회 때였다. 학생들의 운동회는 끝나고 리대항 여자 계주가 있었는데 외삼촌이 리장으로 있는 우리 마을이 일등으로 달리고 있었다.

이때 무슨 귀신의 장난인지 내가 뛰어들어 알짱거리는 바람에 꼴지가 되고 말았다. 아마도 어린 내 딴에는 내 실력을 비교하고 싶었는지도 모른다. 외삼촌의 화가 하늘을 찔렀던 건 말할 필요도 없다.

집에 돌아오니 기다렸던 외삼촌은 토방에 올라서는 나를 발길로 차 버렸다. 마당 바닥에 나둥그러진 나는 언젠가 패대기를 쳐서 죽은 개처럼 다리만 버르적거렸다.

그런 나를 외삼촌은 서면 앞강에다 내다버리라고 소리쳤다. 누구도 거역할 수 없는 지상의 명령이었다. 이때 외할머니가 살려 달라고 아들 앞에 무릎을 꿇었다.

"그럼 내가 갖다 버릴까요!"

외삼촌이 마루 아래로 내려서려 했다.

"아니다, 내가 나가지."

외할머니는 나를 안고 자리를 피하셨다. 그리고는 이웃집에 가는 것도 무서워서 탈곡한 볏짚 낟가리 속으로 피신하셨다. 그러기를 3일 마침 한 달에 한 번씩 다녀가시는 어머니가 오셨다. 상황을 파악한 어머니는 뒤도 돌아보지 않고 나를 데리고 나왔다. 준비된 계획이 있었던 게 아니라 우선 살리고 보자는 생각에서였다. 그리고 외할머니도 외할머니는 나를 안고 자리를 피하셨다.
그리고는 이웃집에 가는 것도 무서워서 탈곡한 볏짚 낟가리 속으로 피신하셨다.
그러기를 3일 마침 한 달에 한 번씩 다녀가시는 어머니가 오셨다.
상황을 파악한 어머니는 뒤도 돌아보지 않고 나를 데리고 나왔다.
준비된 계획이 있었던 게 아니라 우선 살리고 보자는 생각에서였다.

집으로 들어 가셔야 하기 때문이었다.

그러나 갈 곳이 없었다. 어머니 주인집에서 나까지 받을 수가 없다고 했다. 하는 수 없이 고아원으로 보내기로 결정이 났다. 허나 여기에도 어려움이 있었다.

고아라는 사실을 증명할 수 있는 서류가 있어야만 했다. 다시 말하면 부모 사망 진단서인데 나는 그것이 없었다. 하는 수 없이 어머니와 주인아주머니가 월남자란 증인이 되고 성년이 되기까지 찾지 않겠다는 각서까지 써야만 했다. 결국 어머니로선 또 한 번의 가슴 아픈 이별이었다.

4

도망하지 않으면 죽는다

“얘야, 조 아무개는 왜 안 나왔냐?”

“저기 있지 않아요.”

원장 아버지가 목사이든 아니든 고아원 아이들은 교회에 나가야 했다. 선택의 여지가 없는 강제였다. 그러나 기다려지는 유일한 자유의 시간이기도 했다.

나는 그랬다. 멀리서나마 어머니의 얼굴을 볼 수 있는 유일한 시간이기 때문이다. 애초 원장과의 약속대로 어머니는 늘 가까이 오지 못하셨다. 그래도 주일이면 어머니는 아이들이 단체로 가는 화장실 가까이에서 나를 보곤 하셨다.

그런데 그날은 내가 보이지 않았다. 내가 나가지 못한 게 아니라 그만큼 내가 몰라보도록 변했던 것이다. 끔찍하도록 얼굴만이 아니라 전신이 부어 있었던 것이다. 손등이건 발등이건 손가락으로 누르면 움푹 파였다.

그런데도 이상한 것은 아픔을 전혀 느끼지 못했다는 사실이다. 그대로 죽어도 그만이었는지 아프다는 말을 하지 않았기 때문인지 고아원에선 병원은 고사하고 어디가 어떻게 아프냐고 묻지도 않았다.

손등이건 발등이건 손가락으로 누르면 움푹 파였다.
그런데도 이상한 것은 아픔을 전혀 느끼지 못했다는 사실이다.
그대로 죽어도 그만이었는지 아프다는 말을 하지 않았기 때문인지
고아원에선 병원은 고사하고 어디가 어떻게 아프냐고 묻지도 않았다.
"오늘밤 도망쳐라. 도망하지 않으면 죽는다!"

"오늘밤 도망쳐라. 도망하지 않으면 죽는다!"

어머니는 스치듯 지나가며 말씀하셨다. 언제 어디로 오라는 말씀도 없었다.

막연할 뿐이었다. 그러나 종일토록 가슴이 뛰었다. 어디로 어떻게 나갈 것이냐 하는 불안도 있었지만 어머니를 만날 수 있다는 설렘 때문이었다.

운동장에 어둠이 깔리기 시작했다. 아이들이 하나둘 숙소를 향해 올라갔다. 나의 가슴은 더욱 쿵쾅거렸다. 이때 땡땡, 입실 종이 울렸다. 여기저기에서 아이들이 뛰기 시작했다. 나도 뛰었다. 공이 밖으로 나가면 주워오는 유일한 개구멍을 향해서였다.

"얘야! 여기다!"

철조망 밑으로 몸이 반쯤 나갔는데 어머니의 음성이 들려왔다. 순간에 모든 걱정은 사라졌다. 선생님이나 원장에게 잡혀도 좋다는 생각이 들었다. 그만큼 어머니가 든든했다. 어렴풋한 어머니 주인집을 찾아갈 걱정도 사라졌다.

"애를 잡으려고 했어요?"

다음날 찾아간 병원 의사가 한 말이었다. 어머니는 책임을 전가하려고 해서가 아니라 전후 사실을 설명했다.

"결과는 두고 봐야 알겠지만 조금만 늦었더라면 큰일 날 뻔했어요."

"선생님 살려 주세요."

어머니는 울먹거리셨다.

"한 번 해 봅시다."

의사는 수술실도 아닌 진료 침대에 나를 옆으로 뉘인 채로 뒤통수를 쨌다. 아프지는 않았는데 살갗 찢어지는 소리는 선명했다.

"이것 보세요. 애가 살아 있는 게 용하네요."

의사는 반콕 하나 가득한 피고름을 어머니에게 보였다.

"이거 봐라! 얼마나 아팠니?"

의사는 나에게도 보여주었다.

당시에는 당연히 그러려니 했는데 지금 와서 생각하면 참으로 훌륭한 의사였다는 생각이 든다. 지금 같은 첨단 장비도 없었는데 어떻게 한 번에 수술 자리를 찾아냈느냐 말이다.

의사는 수술실도 아닌 진료 침대에
나를 옆으로 뉘인 채로 뒤통수를 쨌다.
아프지는 않았는데 살갗 찢어지는 소리는 선명했다.
"이것 보세요. 애가 살아 있는 게 용하네요."
의사는 반컵 하나 가득한 피고름을 어머니에게 보였다.

온갖 검사 다하고도 엉뚱한 살을 잘라 내는가 하면 오진으로 사람이 죽기까지 하지 않는가. 그러면서도 책임지는 병원도 의사도 없는 세상 아닌가. 오늘날 의료사고는 기술이 문제가 아니라 양심이 문제라고 본다.

어찌 양심의 문제가 거기뿐이리오. 정계는 이미 오래 됐지만 마지막 양심의 보루로 믿었던 법조계마저 시장 바닥의 과일 장사 수준까지 가지 않았는가.

겉에는 멀쩡하지만 속에는 썩은 과일만 가득한….

5

고무신과 허리띠의 추억

80년의 세월을 살아오면서 어찌 잊을 수 없는 기억이 한두 가지뿐이랴만 그중에 고무신과 허리띠에 대한 슬픈 추억이 있다.

병명도 모르는 채, 그리고 치료도 끝나기 전에 나는 어머니를 따라 서울로 올라왔다. 고아원장을 만난들 잘못 했다, 또는 미안하다, 아니면 아이를 살리는 것이 우선이었다고 하면 그만일 텐데 원장 만나는 것이 두려워서였다. 그만큼 어머니는 나를 찾거나 만나지 않겠다는 처음의 약속을 무섭게 생각했던 것이다. 그래서 만나기 어려운 서울로 올라온 것인데 역시 내가 갈 곳은 없었다.

어머니는 청량리역 앞에 '동신여관' 이란 곳에, 요즘 말로 취직이 되었다. 그때만 해도 여관에서는 손님에게 식사 제공을 했는데 규모가 컸던지, 식사 당번, 반찬 당번, 그리고 설거지 당번이 따로 있었다. 어머니는 밥 짓는 당번이었다. 물론 춘천 주인집의 알선으로 오게 되었지만 나는 역시 혹이었다.

그래서 나는 별 수 없이 능곡이란 곳에 양자로 보내졌다. 그 시대에 자녀들은 다 따로 살고 두 노인만 사는 곳이었는데 양자라기보다는 차라리 머슴이었다. 아니 머슴만도 못했다. 머슴은 새경이라도 받지 나는 별 수 없이 능곡이란 곳에 양자로 보내졌다.
그 시대에 자녀들은 다 따로 살고 두 노인만 사는 곳이었는데
양자라기보다는 차라리 머슴이었다.
아니 머슴만도 못했다.
머슴은 새경이라도 받지만 양자는 아무런 보수도 없었다.
겨우 열 살밖에 안 되는 나에게 정말 일은 머슴 수준이었다.

만 양자는 아무런 보수도 없었다. 겨우 열 살밖에 안 되는 나에게 정말 일은 머슴 수준이었다.

매일 콩, 팥 추수가 끝난 들에 나가 콩잎과 팥잎을 갈퀴로 긁어 들여야 했고, 그것마저 없으면 냇가에 가서 갈대나 쑥대라도 꺾어 와야만 했다. 가정 따라 조금씩 다르지만 그것이 그 시대의 땔감이었다.

그러던 어느 날이었다. 지게를 지고 들로 나갔으나 도저히 일을 할 수가 없었다. 아마도 몸살이 났던 모양인데 움직이는 것조차 힘들어서 따뜻한 논두렁 아래 잠시 웅크리고 앉아 있었다. 시간이 얼마나 흘렀는지 한기가 느껴져 눈을 뜨고 보니 사방이 어둠에 싸여 있었다. 나는 부랴부랴 빈 지게를 지고 집으로 들어갔다.

헌데 마당에서 기다리고 계시던 할머니가 지게를 벗겨 내동댕이치며 당장 나가라고 호통을 치셨다. 평상시에도 겪었던 성격인지라 나는 아무 말도 못하고 능곡역으로 향했다.

어머니에게 가기 위해서였다.

"야! 이 종간나 새끼야!"

얼마쯤 가고 있는데 뒤에서 할머니 음성이 들려왔다.

"신발과 허리띠는 풀러 놓고 가! 도둑놈의 새끼야!"

가까이 오신 할머니는 신발과 허리띠를 빼앗아 갔다. 그런데 그때 열차가 막 역을 빠져 나가고 있었다. 그 열차가 막차인 것을 나는 알고 있었다. 하는 수 없이 나는 마을로 향했다. 할머니 집으로 가기 위해서가 아니라 내가 늘 다니던 냇가에 쌓아놓은 볏짚 가리로 가기 위해서였다.

볏짚 단을 몇 단 빼고 나는 그 속으로 파고들었다. 훈훈했다. 그러나 얼마 후 추워지기 시작했다. 잠도 오지 않았다. 날이 새어 본댔자 어디 갈 곳이 있는 것도 아닌데 날이 새기만을 기다렸지만 밤은 왜 그리 긴지 몰랐다.

얼마의 시간이 지났는지 밖에서 사람들의 소리가 들려왔다. 볏짚 단을 비집고 밖을 내다보니 사람들이 불을 피워놓고 전봇대 세우는 작업을 하고 있었다. 난 얼른 불가로 갔다. 서리는 하얗고 맨발인 나는 볏짚을 한 움큼 빼다 깔고 올라섰다.

"야! 너 거기서 뭐하니?"

할머니네 큰 아들이었다.

가까이 오신 할머니는 신발과 허리띠를 빼앗아 갔다.
그런데 그때 열차가 막 역을 빠져 나가고 있었다.
그 열차가 막차인 것을 나는 알고 있었다.
하는 수 없이 나는 마을로 향했다.
할머니 집으로 가기 위해서가 아니라
내가 늘 다니던 냇가에 쌓아놓은 볏짚 가리로 가기 위해서였다.

"……."

나는 아무 말도 못하고 눈물만 뚝뚝 흘렸다.

"이리 와."

그는 앞장을 섰다.

"어머니 뭐 하시는 거예요!"

마침 할머니가 마당으로 나오고 있었다.

"그놈의 새끼가 어제…."

"알았어요. 어서 밥부터 먹이세요."

아들은 듣지 않아도 다 안다는 태도였다.

"어서 처먹고 마당에 수수부터 털어!"

강냉이 찬밥 반 그릇에 냉수 한 대접, 그리고 깍두기 한 탕기였다. 수저를 드는 순간 나도 모르게 눈물이 왈칵 쏟아졌다. 그러면서도 밥은 다 먹었다.

어제 아침 이후에 아무것도 먹지 못했으니 얼마나 배가 고팠겠는가. 그리고 나는 종일토록 수수를 털고 어두워질 무렵에야 타작한 수수를 까불고(키질) 있었다. 이때나 저때나 일 그만하고 저녁 먹으라는 할머니의 말씀을 기다렸지만 소식이 없었다.

이때였다. 저쪽 어둠 속에서 사람의 그림자가 보였다. 어머니였다.

"어두운데 뭘 하니?"

나는 왈칵 어머니의 치맛자락에 매달렸다. 그리고 엉엉 울음을 터트렸다.

"그래 가자!"

말하지 않아도 다 알겠다는 듯 어머니는 주인집에 들르지도 않고 돌아섰다.

6
향수의 집념

능곡에서 나온 지 몇달 안 되어 6.25라는 동족상잔의 한국전쟁이 터졌다. 나는 그간 또다시 고아원에 있었다. 이번에는 나 혼자가 아니라 어머니와 함께였다. 고아원 측에서 보모를 구하지 못한 때문이었다.

집단행동이 어려운 원장은 어머니에게 자유를 주었다. 잠잠할 때 다시 만날 것을 약속했다.

헌데 남들은 피난을 남쪽으로 가는데 어머니는 반대로 북쪽으로 갔다. 그토록 잊지 못했던 두 누나를 만나기 위해서였다. 지금 생각하면 의정부와 포천을 지나서 철원으로 가는 길이 있었을 텐데 그 길을 알지 못한 어머니는 춘천과 화천 방향을 잡았다. 그러나 화천에서 더는 가지 못했다. 멀지 않은 곳에서 밀리고 미는 전쟁이 계속 되고 있었기 때문이었다.

낮에는 북한강 남쪽 오읍리 쪽으로 소개를 당하고 밤에는 다시 강물을 건너기를 반복했다. 지금 생각하면 너무도 위험하고 무모한 일이었다. 하루라도 빨리 누나들을 만나고 싶어 하시는 어머니의 마음을 이해한다고 해도 총탄의 불빛이 보이는 격전지까지 들어간다는 것은 정말로 위험한 일일 뿐이었다.

결국 어머니의 소원은 이루지 못한 채 휴전을 맞아야 했다.

이제 정착이 필요했다. 통일이 되어 가장 빨리 고향(누나들과 나의 고향)에 갈 수 있는 곳은 화천이었으나 당장은 어려웠다.

전사 기록에도 있는지 모르지만 3.8선 이북에는 면소재지만 되어도 초토화 시켰던 것이다.

실제로 화천에는 단 한 채의 초가집도 남아 있는 게 없었다.

그래서 자리를 잡은 곳이 강원도 춘성군 사북면 지촌리란 곳이었는데 이곳은 화천에 비하면 전쟁의 흔적조차 찾아보기 어려울 만큼 평온한 마을이었다.

의사 한 명에 간호사 한 명만 있는 병원이 하나 있었고, 약국이 두 곳, 시계포도 하나 있었다. 그리고 요즘 말로 하면 마트에 가까운 규모가 꽤 큰 잡화 가게가 하나 있었고, 무엇보다 술집이 많았다. 인근에 탱크 대대를 비롯해서 80병기 중대 110보급소, 2군단 공병대 등이 있기 때문이었다.

사창리와 화천에서 나오는 길목에 신포리란 5개 사단 합동검문소는 중부전선에서 가장 유명한 곳이기도 했다. 그러나 나에게 가장 중

결국 어머니의 소원은 이루지 못한 채 휴전을 맞아야 했다.
이제 정착이 필요했다.
통일이 되어 가장 빨리 고향(누나들과 나의 고향)에
갈 수 있는 곳은 화천이었으나 당장은 어려웠다.
전사 기록에도 있는지 모르지만
3.8선 이북에는 면소재지만 되어도 초토화 시켰던 것이다.

요한 것은 국민학교가 있다는 사실이었다.

학교라고는 그야말로 문턱에도 가보지 못한 나는 덜커덕 3학년에 입학부터 했다.

한글은 겨우 고아원에서 깨쳤고 나이 때문이었다. 그때 3년 늦은 학생들은 다 정상이었고, 김부겸이란 학생은 내가 5학년 때 선생보다 한 살 위였다.

그리고 열네 살에 장가간 학생도 있었다. 전쟁 때 부모님들을 잃고 할머니만 살아 계셨는데 그 할머니마저 거동이 어려웠기 때문이었다. 그래서 친척들과 마을의 주선으로 신랑보다 다섯 살이나 나이가 많은 색시를 데려왔던 것이다.

남의 이야기할 때가 아니다. 내 이야기가 급한 상황인데 3학년도 2학기 말에 입학한 나는 학기말 시험에서 보기 좋게 낙제를 했다. 나는 부끄러운 줄도 몰랐다.

아무것도 배운 게 없으니 당연하지 않은가.

그래서 나는 다음해 봄에 다시 3학년에 편입이 되었다. 지금처럼 흔한 학원이 있는 것도 아니요, 그렇다고 내 교과서가 있는 것도 아닌데 나는 1학기말 시험에서 1등을 했다.

4학년 2학기에 월반을 했다. 거기 가서도 충분히 따라갈 거라고 선생님이 위로해 주셨는데 정말 1등을 했다. 5학년에 올라가서도 전학기 다 1등을 했다.

행복은 성적순이 아니라는 말도 있듯이 6학년에 올라가면서 문제가 생기기 시작했다.

길엄배란 담임이 오면서부터였다.

7
선생님과 도시락

선생님 덕으로 성공했다는 이야기를 들을 때마다 나는 가슴이 출렁거린다. 훌륭한 선생님에 대해선 감동의 눈물이지만 내 인생의 길을 결정한 내 선생님에 대해선 미움과 원한의 피가 끓는다.

세상을 살 만큼 살았고 남달리 다양한 인생을 체험했고, 리더의 천재라는 말도 들었고, 많이 배우고 훌륭한 사회적 경력을 가진 사람들도 해결하지 못했던 난제를 풀기도 한 나로서는 선생님에 대한 원망과 원한이 단순한 이기적인 감정이 아닌가도 생각해 봤지만 그건 아니다. 상대의 입장을 너무 깊이 생각하는 성격이라고, 그래서 손해를 보는 경우가 많다는 말을 들을 정도로 나는 많이 생각하고 판단하는 성격이다.

내 입장밖에 생각하지 못했던 어린 시절의 선생님에 대한 감정은 잘못 됐다고 생각되지만 이 나이 먹어서 하는 생각은 잘못이 아니라고 생각한다. 인생의 성공 여부야 노력과 환경에 달려 있지만 적어도 초등학교도 마치지 못한 것은 내 선생님 때문이었다는 사실을 지울 수가 없다.

하나의 공상에 불과하다고 생각하겠지만 오늘날 국회의원, 또는 고위 공직자들이 어떤 신분의 출신들인가. 돈으로 아니면, 학연 또는 지연으로 된 사람들이 아닌가.

정부를 마음대로 흔드는 노조 출신들, 정부를 향해 독재 어쩌구 하다가 감옥에 한두 번 다녀온 운동가들도 있다.

나는 나 자신을 잘 안다. 대학을 다녔다면 맨 앞에서 벽돌을 던졌을 것이다. 그러면 무엇이 됐든 한 자리 주었을 게 아닌가. 그러나 우리는 모두를 비난만 할 게 아니라 존경할 신분들도 있다. 되고나서 물이 들어 다를 게 없다는 비난을 받기도 하지만 그전까지는 얼마나 힘든 노력들을 했겠는가. 법조계 출신들 말이다.

수재라는 말은 거저 생긴 게 아니다. 끝없는 노력의 대가이다. 초등학교 성적만 가지고 상급학교 성적까지 판단하기는 어렵지만 나는 학문에 대한 끝없는 호기심과 거기에 대한 노력을 질기게 하는 편이었다.

초등학교도 나오지 못한 실력으로 시집 몇 권을 냈다고 인생을 성공한 것은 아니지만 등단의 절차는 얼마나 어려운 것인가. 물론 어느 분야든 급수가 있듯이 시인도 급수가 있다. 수준 미달의 시인이다. 그

수재라는 말은 거저 생긴 게 아니다.
끝없는 노력의 대가이다.
초등학교 성적만 가지고 상급학교 성적까지 판단하기는 어렵지만
나는 학문에 대한 끝없는 호기심과
거기에 대한 노력을 질기게 하는 편이었다.

래서 한국문인협회 명단에서도 이름을 뺐지만(2015년).

그러면 어째서 그 좋아하던 공부를 그만 두었는가? 그것이 이 글을 보는 사람들이라면 궁금할 것이다. 1950년대 그때는 대개 가난 때문이었지만 나는 선생님 때문이었다.

과장은 아니다. 먹는 날보다 굶는 날이 더 많았어도 나는 결석하거나 학교를 포기하려 한 적이 없다. 어머니가 먹을 것을 갖다 주면 주는 대로 못 주면 못 주는 대로, 사격장에서 탄피를 줍고 군 철조망가에서 공병이나 깡통을 주우면 줍는 대로, 그렇게 사는 것이 사람 사는 모습인 걸로만 알았다.

그런데 퇴학이란 슬프고 쓰라린, 평생을 잊을 수 없는 상처를 안았다. 물론 퇴학만큼은 자퇴였다. 그러나 동기는 선생님이었고 내 인생이 이렇게 꼬인 것도 원인은 선생님이었다.

6학년 1학기가 거의 되어가는 겨울 어느 날이었다.

교실 사정으로 5,6학년은 본교에서 조금 떨어진 고아원 빈 건물을 빌려 쓰고 있었는데 그날 본교로 예방접종을 가게 되었다. 헌데 이날 장봉규, 홍재근이라는 두 아이와 함께 나는 당번으로 남게 되었다.

지금과 같은 난방 시설이 아니고 장작을 때는 드럼통을 개조한 난로였음으로 불을 살펴야 하기도 했지만, 무엇보다도 중요한 것은 아이들의 도시락을 골고루 데워 놓는 일이었다. 헌데 문제가 생겼다. 접종을 마치고 돌아온 선생님은 아이들의 도시락을 점검했다. 헌데 이게 웬일인가! 도시락마다 반씩이나 비어있지 않은가.

선생님은 우리 셋을 불러놓고 영문을 물었다. 그러나 범인은 없었다. 이번에는 도시락 주인을 하나씩 불러다 물었으나 여기에도 범인은 없었다. 꼼짝 없이 우리는 범인으로 몰릴 수밖에 없었다. 게다가 우리 셋은 평소에 도시락을 싸본 일이 없는 아이들이었다. 도시락을 싸지 못해서 소풍도 가지 못했던 때를 생각하면 지금도 눈물이 난다.

홍재근이란 아이는 형밖에 없고 장봉규란 아이는 어머니 밖에 없었다. 나는 어머니마저 몇 달에 한 번 만나기가 어려운 처지였다. 그러다 보니 더 오해를 받을 수밖에 없었는데 선생님이 가한 체벌은 보통 문초가 아닌 고문 수준이었다. 윷가락만큼 굵은 싸리나무 몽당 빗자루가 나의 종아리에서 삼단처럼 풀려 나갔다.

두 아이는 한 대 맞으면 걸상에서 떨어져 데굴데굴 굴렀지만 나는 도시락마다 반씩이나 비어있지 않은가.
선생님은 우리 셋을 불러놓고 영문을 물었다.
그러나 범인은 없었다.
이번에는 도시락 주인을 하나씩 불러다 물었으나 여기에도 범인은 없었다.
꼼짝 없이 우리는 범인으로 몰릴 수밖에 없었다.
게다가 우리 셋은 평소에 도시락을 싸본 일이 없는 아이들이었다.

창문틀을 움켜잡은 채 꼼짝하지 않았다. 억울함에 대한 오기와 무언의 반항이었다. 매는 내가 맞고 울기는 두 아이가 울었다. 얼마나 무식하고 잔인하게 때렸던지 무릎이 꺾이지 않아서 운동장으로 내려오는 계단을 엉덩이로 썰매를 타듯 내려왔다.

그때 사실 우리 셋은 도시락 사건의 범인들을 알고 있었다. 바로 도시락 주인 자신들이었다. 점심시간이 되기 전에 반찬 자랑을 하면서 한 숟갈씩 떠먹으며 낄낄거리는 일은 항상 있어온 일이었다. 그런데도 사실대로 말하지 못했던 것은 그 아이들이 혼나서도 안 되지만 고자질쟁이로 아이들 사이에서 따돌림을 당하는 것이 싫어서였다. 싫은 것이 아니라 무서워서였다.

헌데 지금 이 나이에 생각해도 선생님이 밉고 이해가 가지 않는 것은 64명(우리 셋까지 포함해서)의 밥을 어떻게 다 먹을 수 있었느냐 하는 점이다. 비록 반쪽이라 하더라도 5학년 아이들의 것까지 말이다. 이건 분명 선생의 인식 부족이며 인간적인 감정의 결핍에서 온 결과이다. 내가 버틴 오기를 알았을 것이다. 이것은 막연한 추리가 아니라 사실이었다.

그 사건으로 인해서 학교를 그만둔 나는 시간이 가면서 더욱 강하게 선생님을 미워하게 되었고 복수하겠다는 결심까지 하게 되었다. 그래서 눈만 내리면 학교 운동장으로 달려가서 선생 이름을 써놓고 복수한다고 다짐했던 것이다. 학생들이 지울 것을 생각하고 운동장 하나 가득히 써 놓았다. 그만큼 나의 가슴에는 한이 맺혔고 급기야는 해병대 지원까지 했다. 당시 군인들이 외출이나 휴가를 나올 때는 총기를 소지했으며 더욱이 해병대는 산천초목을 울리는 존재였기 때문이다.

결국 호적상의 나이가 열다섯 살 밖에 되지 않아서 뜻을 이루지 못했지만 감옥에서 나온 후 제일 먼저 찾아간 사람이 그였다. 복수하기 위해서가 아니라 죽지 않고 살아 나왔다는 사실을 보여주기 위해서였다. 그러나 그는 신북 어느 초등학교 교감으로 갔다고 했다. 친구로부터 전화번호를 알아내어 전화를 했더니 내 이름을 대는 순간 전화를 끊어 버렸다. 나중에 알고 보니 졸도를 했다고 하는데 사실이라면 개인적으로 나를 미워했던 사실을 스스로 인정한 것이다.

내가 선생님에 대한 좋지 않은 감정을 갖게 된 것은 도시락 사건만

내가 선생님에 대한 좋지 않은 감정을 갖게 된 것은 도시락 사건만이 아니라
애써 주워온 탄피나 공병 같은 고물을 압수한 사건도 여러 차례 있었다.
압수로만 끝났다면 나는 두고두고 선생님을 미워하지 않았을 것이다.
고물을 압수한 다음날이면 꼭 정문 앞에
무릎을 꿇어 앉혀 놓고 망신을 주었던 것이다.

이 아니라 애써 주워온 탄피나 공병 같은 고물을 압수한 사건도 여러 차례 있었다. 압수로만 끝났다면 나는 두고두고 선생님을 미워하지 않았을 것이다. 고물을 압수한 다음날이면 꼭 정문 앞에 무릎을 꿇어 앉혀 놓고 망신을 주었던 것이다. 그게 그렇게 큰 잘못이었나. 가여운 생각은 들지 않았나.

배우지 못하면 이 다음에 후회한다는 생각도 내 인생이 잘못 된다는 생각도 하지 못한 나는 그저 선생님이 밉고 학교가 싫을 뿐이었다. 나는 자꾸만 축구를 지도한 체육선생님과 담임선생님이 비교가 되었다.

그 선생님은 자신의 도시락을 나에게 주기도 했지만 연습이 끝나고 나면 찐빵 집에도 자주 데리고 갔다. 고마운 마음에 나는 운동을 열심히 했다.

내 덕은 아니지만 수복 후 제2회 군대항 11개교 축구시합에서 2등을 했고 그때 두각은 아니지만 명성으로 화천초등학교에 부정선수로 발탁이 되기도 했었다. 명성(?)사건은 다름 아닌 심판 잘못에 항의하기 위해서 볼을 안고 본부석으로 달려간 사건인데 그 당시에는 물론

두고두고 화제가 됐었다.

내가 지금 생각해도 어린 그 나이에 엄청난 사건이 아닐 수 없다. 누가 시킨 것도 아니요, 어디에서 본 일도 없는데 어디에서 그런 생각이 났는지 모른다. 앞날의 내 인생의 예고였는지도 모른다.

이야기가 약간 빗나갔지만 그때 나의 담임선생님 이름은 길엄배였고, 나야 참석할 자격도 없지만 제1회 동창회 때 그 선생님은 여자 아이들만 불러놓고 마을 원두막에서 동창회를 열었다고 했다. 그것을 못마땅하게 여긴 정종호란 친구가 원두막을 무너뜨렸다. 물론 사람이 있는 그대로였다.

이것이 길엄배 선생의 자질과 인품이다. 내가 너무 유치하게 그 선생님을 비난하는지 모르지만 나는 이 세상의 모든 교육자들에게 자신의 행동이 한 인간에게 미치는 영향이 얼마나 크고 그것이 또 사회에 미치는 영향이 얼마나 큰 것인가를 말하고 싶은 것이다.

나는 누구를 부러워하거나 비교해 본 적이 없다. 배운 건 없지만 분수를 알기 때문이다.

8

죽은 자는 죽을 자다

살인강도나 강간 살인을 제외한 원한 관계의 살인, 그것도 계획적이 아니라 우발적이라면 죽인 자보다 죽은 자의 죄가 더 많다고 본다. 얼마나 악질적으로 그리고 지능적으로 괴롭혔으면 죽이고 싶은 마음까지 생겼겠는가.

요즘같이 노조들의 권한이 공권력마저도 무력화 시키는 세상에서도 현대판 노예라는 말이 나올 만큼 업주들의 불법적인 횡포와 폭력은 살아있지 않은가. 고의로 부도를 내고 임금은 고사하고 몇 년간 쌓인 퇴직금마저 주지 않는 상습적이고 지능적인 업주들은 또 얼마나 많은가.

《비명》이라는 자작시 해설집에서도 이야기한 바 있지만 나도 8개월 동안이나 노예나 다름없는 일을 한 적이 있다. 폐기한 전자제품을 분리하는 작업이었는데 월급제나 일당제가 아니라 실적대로 먹는 도급제였는데 업주는 고의로 계근을 하지 않고 미뤄가면서 내 물건을 빼돌리기도 했다.

8개월 동안 미룬 끝에 계근을 해 보니 하루 1만원 꼴이었는데 그것마저 몇 달을 주지 않았다. 사람들은 노동부에 고발(실은 진정)을 하면 금방 해결된다고 하지만 천만의 말씀이다.

노동부에서 마지막에 해 줄 수 있는 것은 검찰에 고발하는 것뿐이며 그것마저도 서류 작성을 할 때 친절히 안내하는 것이 아니라 팔짱을 끼고 서서 턱으로 아니면 손가락으로 지시만 내리는 것이다. 자존심이 상해서 포기하고 싶은 마음이 굴뚝같다.

아무튼 우리는 체불 때문에 크레인 꼭대기에서 시위를 하거나 포크레인으로 회사 사무실을 때려 부수는 사건들을 자주 본다. 뿐만 아니라 고의로 부도를 낸다는 이야기도 심심치 않게 듣고, 또 회사는 망해도 사장은 망하지 않는다는 말은 상식이 아닌가.

이럴 때 폭력이나 살인사건이 나는데 과연 어느 쪽이 더 악질이라고 생각되는가.

그렇다고 사람의 귀한 생명까지 빼앗아서야 되겠느냐고 하겠지만 이쯤 되고 보면 돈보다는 감정의 문제가 더욱 중요한 것이다. 당연한 가정의 문제까지도 얽혀 있는 것이다.

학교를 그만둔 나는 다행히 신포리 골짜기에 있는 삼화형석광산이란 곳에 취직을 했다. 형석은 수정을 닮은 결정체로서 5색 광채를 갖

학교를 그만둔 나는 다행히 신포리 골짜기에 있는
삼화형석광산이란 곳에 취직을 했다.
형석은 수정을 닮은 결정체로서 5색 광채를 갖고 영롱한 빛을 발한다.
나는 열일곱의 어린 나이였는데 어른들보다 더 많은 일을 했다.

고 영롱한 빛을 발한다.

나는 열일곱의 어린 나이였는데 어른들보다 더 많은 일을 했다. 아주머니들이 세척해 내는 감석(광물) 상자를 어른들과 함께 들어야 했고, 어른들이 담배를 피우는 시간에는 내가 홀로 처리를 했기 때문이다.

그러면서도 임금은 적게 받았다. 그래도 나는 불만을 몰랐다. 어른과 아이의 임금 차이는 당연한 것이었고 돈이 쌓여 가는 게 그렇게 신날 수가 없었다.

2년이란 세월이 흘렀다. 나의 손에는 20만환이란 돈이 쌓였다. 젖떨어진 송아지 한 마리 값이 2만환 할 때였으니까 큰 부자였다. 당시에 농가에서 소 한 마리만 있어도 부자로 알 때였다. 나는 축산에 대한 경험도 상식도 없으면서 소를 키워볼 생각을 했다.

남들이 하는 그대로라면 어려울 게 없었다. 오히려 다른 사람들보다 좋은 입지 조건을 가지고 있었다. 다른 사람들은 멀리 가서 꼴을 베어 와야 했지만 나에게는 가까운 곳에 소먹이가 얼마든지 있었다. 화전민들이 버리고 간 묵정밭에는 억새보다 좋은 칡넝쿨이 온통 산을

뒤덮고 있었다.

뿐만 아니라 바로 마당 옆에 흐르는 물가에서 갈대숲이 우거지고 산골짜기마다 머루 넝쿨과 다래 넝쿨이 엉켜 있었다. 사람으로 치면 이런 것들은 모두가 쌀밥에 해당됐다.

헌데 이때 어머니가 다니시는 교회에 집사라는 여자가 나타났다. 그는 내가 다니는 광산 너머에 광산을 개발한다는 광주이기도 했다. 그런데 누구에게 듣고 왔는지 내게 돈을 빌려 달라고 했다. 딱 1년만 쓰겠다고 했다.

이자가 무엇인지 모르는 나에게 웜 일할을 주겠다고 했다. 그 뜻을 알아듣지 못한 나에게 1년 후 원금의 배를 준다는 것이었다.

나는 가슴이 쿵쿵거렸다. 원금의 배라고 하면 40만환인데 쉽게 계산하면 송아지가 스무 마리였다.

오탄리, 지촌리, 신포리 3개 마을을 통틀어 보아도 송아지 세 마리 이상 가진 집이 없었다. 면장네 집에만 어미 소 한 마리와 새끼 송아지가 한 마리가 있을 뿐이었다. 기다렸다는 듯이 선뜻 내어주기가 싫어서 송아지 이야기를 했다. 그랬더니 그는 깜짝 놀라는 표정으로 큰 이때 어머니가 다니시는 교회에 집사라는 여자가 나타났다.
그는 내가 다니는 광산 너머에 광산을 개발한다는 광주이기도 했다.
그런데 누구에게 듣고 왔는지 내게 돈을 빌려 달라고 했다. 딱 1년만 쓰겠다고 했다.
이자가 무엇인지 모르는 나에게 월 일할을 주겠다고 했다.
그 뜻을 알아듣지 못한 나에게 1년 후 원금의 배를 준다는 것이었다.

일 날 생각이라고 했다.

생명을 가진 짐승인지라 병이 날 수도 있고 전염병이라도 걸리면 한순간에 다 잃을 수도 있다고 했다. 나는 겁이 덜컹 났다. 그럴 수도 있겠다는 생각이 들었다.

이때 어머니도 거드셨다. 하나님을 진실히 믿는 분이니 걱정하지 말라는 것이었다. 나는 어머니 말씀에 용기를 냈다. 불안한 마음에 앞서 허탈했다. 돈이란 원래 그런 것 아닌가. 손에 있을 때는 든든하지만 떠나고 나면 허전한 것.

그런데 정말 문제가 생겼다. 약속한 1년이 지났는데도 이자는 고사하고 원금마저도 주지 않았다. 오늘, 내일, 약속한 날은 자꾸만 연기되었고 노다지만 터지면 이자에 이자까지 쳐주겠다고 했다. 사람을 믿는 게 아니라 노다지가 터지기를 기다릴 수밖에 없었다.

사실 노다지란 어느 광산에서건 터졌다 하면 적자도 해결되고 앞날이 보장되는 행운의 열쇠이다. 그러나 이토록 목마르게 기다리는 노다지는 터지지 않았다.

게다가 설상가상 격으로 내가 광산에서 쫓겨나는 일도 생겼다. 요즘 말로 해석하면 노사간의 갈등이 되겠는데 광부 아저씨들은 일을 끝내고 술집에 모여 앉기만 하면 작업 시간에 대한 불만을 터트렸다.

광부 누구에게도 시계가 없던 시절, 꺼져가는 간드레 불을 시계대용으로 활용했다. 규모가 큰 석탄 광산에서는 각자 머리에 랜턴을 썼지만 작은 광산에는 카바이트를 이용한 간드레란 등불을 썼다.

이 간드레 등불 불꼬리가 줄어들기 시작하면 퇴근 시간을 알리는 것인데 막상 굴 밖으로 나와 보면 거기도 굴과 같은 밤중이었다. 보통 두세 시간 작업을 더 했다는 결과인데 그렇다고 잔업 수당을 주는 것도 아니었다.

그래서 늘 불만이었는데 나는 어느 날 불만만 할 게 아니라 정식으로 소장에게 건의를 하면 될 게 아니냐고 했다. 그랬더니 아저씨들은 간주(2주에 한 번 임금 주는 날)날 네가 말을 꺼내면 우리가 뒤에서 거들겠다고 했다.

"이 간나새끼 배시때기가 불렀구나. 내일부터 당장 그만 두라우!"

소장의 언성은 흥분 정도가 아니었다.

아무도 나서는 사람이 없었다. 지금 마음 같으면 다음날이라도 "잘

"이 간나새끼 배시때기가 불렀구나. 내일부터 당장 그만 두라우!"
소장의 언성은 흥분 정도가 아니었다. 아무도 나서는 사람이 없었다.
지금 마음 같으면 다음날이라도 "잘못했습니다. 용서해 주십시오" 하고 빌었겠지만
당시에는 그런 생각을 하지 못하고 언젠가는 다시 불러 주겠거니 하고
막연히 기다리기만 하였다.

못했습니다. 용서해 주십시오" 하고 빌었겠지만 당시에는 그런 생각을 하지 못하고 언젠가는 다시 불러 주겠거니 하고 막연히 기다리기만 하였다.

그러나 한 달 두 달 날짜가 흘러갔지만 반가운 소식을 전해 주는 사람은 없었다. 당장 먹을 것이 없는 것이 아니지만 초조해지기 시작했다. 이때 어머니가 용단을 내리셨다.

어떤 일이든 정해질 때까지 세상 구경이나 실컷 하고 오라는 것이었다. 순간 나의 머리에는 번개처럼 지나가는 게 있었다. 그렇다 도회지에 나가서 취직을 하는 것이었다.

그러나 생각대로, 기대대로 되지 않았다. 며칠을 방황하다 겨우 간 곳이 천안에 있는 3.1육아원이란 고아원이었다. 우선 숙식을 해결하면서 발을 넓혀 볼 생각이었으나 엉뚱한 사건으로 급히 집으로 돌아와야만 했다.

사건이란 다름 아닌 총반장 영만이란 아이가 나를 살해할 계획을 꾸미고 있었는데 거기에 배신자가 있어서 내가 변을 당하지 않았다는 것이다.

세상 사람들은 생각조차 할 수 없는 일이라고 하겠지만 당시에는 얼마든지 가능한 일이었다. 도망갔다 잡혀온 아이들이 영만에게 여섯 명이나 맞아 죽었다고 들었다. 솔밭 속에 까맣게 독이 오른 억새풀이 실제로 있었다. 아이들의 무덤이었다.

내가 라이벌이 될 만한 입장도 아닌데 표적을 삼은 것은 다른 아이들은 몰라도 나는 안다. 그는 어느 날 밤 여자 아이들의 방에서 나오는 것을 나에게 들켰던 것이다. 당연히 폭로가 두려웠을 것이다.

어쨌든 또 한 번의 기적인지 아니면 저주인지 위기를 면하고 집에 돌아와 보니 어머니가 심하게 앓고 계셨다. 특히 두통을 호소하셨다. 젊었을 때 아버지로부터 맞은 어혈이라고 하셨다. 채무자에게 달려갈 수밖에 없었다. 집에는 병원에 갈 돈이 없었다.

"몇 푼 안 되는 돈 떼어 먹을까 봐 멀쩡한 사람 아프다고 거짓말을 하냐?"

며칠을 바쁘게 찾아다니던 어느 날 채무자는 나를 조롱하듯 말했다.

"그럼 아프신 어머니를 보면 줄 겁니까?"

그러마고 했다. 그러나 믿었던 약속을 또 지키지 않고 다음날 다시

집에 돌아와 보니 어머니가 심하게 앓고 계셨다.
특히 두통을 호소하셨다. 젊었을 때 아버지로부터 맞은 어혈이라고 하셨다.
채무자에게 달려갈 수밖에 없었다. 집에는 병원에 갈 돈이 없었다.
"몇 푼 안 되는 돈 떼어 먹을까 봐 멀쩡한 사람 아프다고 거짓말을 하냐?"
며칠을 바쁘게 찾아다니던 어느 날 채무자는 나를 조롱하듯 말했다.

오라는 것이었다.

이미 날은 저물었고 어차피 병원에 가려면 다시 내려와야 하겠기에 나는 어머니를 그 집에 계시도록 하고 광산으로 올라왔다. 그날 나는 어머니와 함께 있어야 했으나 그러지 못했던 것은 저녁을 먹여야 하는 토끼들 때문이었다.

언제 불러줄지 모르는 광산과 죽어라 하고 일해 봤자 하루 2백환 벌이 밖에 안 되는 나무(화목장작) 장사에 매달릴 수만은 없었다. 그래서 이것저것 찾아보다가 아는 사람 소개로 장래성이 있다는 앙고라 토끼를 시험적으로 기르기 시작했던 것이다.

광산이란 원래 장난이 심한 곳이다. 토끼나 닭 같은 남의 짐승을 장난삼아 잡아먹는 것 말이다. 그것을 서리라고 하는데 시골 인심과 풍속으로는 그다지 크게 죄로 여기지 않는다. 그래서 집에 올라왔던 것인데 다음날 일찍 마을로 내려가 보니 예상치 못했던 일이 기다리고 있었다.

그 집에 계셔야 할 어머니가 계시지 않았다. 영문을 물으니 어제 밤 바로 내 뒤를 따라 나섰다는 것이었다. 나는 덜커덕 겁이 났다. 불길

한 생각까지 들었다.

만일 어제 저녁에 광산으로 올라 오셨다면…, 더 이상 생각하고 싶지 않았다. 당시 아무도 확인한 사람은 없지만 호랑이와 늑대가 있다는 사실은 누구나 믿고 있었다.

요즘 학계의 연구 보고서에서도 1960년도까지 한반도에 호랑이가 있었고, 전방 지구에서 군인들이 호랑이를 사살해서 그 가죽을 이승만 대통령에게 올렸다는 소문이 자자할 때였다.

실제로 밤이면 앞산 등성이에 야광 불빛이 나타나기도 했다. 그러면 사람들은 서둘러 마당에다 불을 피웠다. 호랑이뿐만 아니라 털 가진 짐승들이 가장 무서워하는 대상이라고 믿었기 때문이다.

"어머니 찾아요?"

불안한 마음으로 서둘러 나오는데 앞집 군인 가족이(부인을 그렇게 불렀음) 물었다.

"네."

그녀는 우리가 광산으로 이사 가기 전 옆집에 살았던 여인으로 남편은 탱크부대 대위였고, 장교 치고는 유일하게 당번 사병이 없는 집

지금처럼 가스나 수도 시설이 없던 시절 사병들의 주임무는
냇가에서 물을 길어오거나 장작을 패는 일이었다.
헌데 그 일을 장교가 직접 하거나 부인이 했다.
주위에선 칭찬이 자자했다.
특히 소속부대 사병들은 그를 매우 존경했다.

이었다. 언젠가 해군 별자리가 사병을 노예 부리듯 했다고 세상이 시끌벅적했지만 사병 당번 사례는 오랜 역사를 가지고 있다. 요즘 말로 도우미를 쓸 형편이 못되는 하급 장교들로서 당번제도는 어쩔 수 없는 일이었다.

지금처럼 가스나 수도 시설이 없던 시절 사병들의 주임무는 냇가에서 물을 길어오거나 장작을 패는 일이었다. 헌데 그 일을 장교가 직접 하거나 부인이 했다. 주위에선 칭찬이 자자했다. 특히 소속부대 사병들은 그를 매우 존경했다.

한 번은 탱크부대 군인들과 경비부대 군인들이 패싸움을 벌였는데 아무도 말리지 못했다. 헌병까지 출동했으나 소용이 없었다. 이때 그가 나타나서 한 마디로 싸움이 끝난 일이 있다.

양쪽 군인이 대치하고 있는 가운데로 들어서서 한 마디 명령을 했던 것이다.

"뒤로 돌앗!"

탱크부대 군인들은 훈련을 받는 것처럼 일제히 돌아섰다. 억압과 명령만이 통솔의 수단이 아니고 인격과 진심이 더욱 강한 감동과 설

득력이 있다는 말을 하고 싶어서 잠깐 쉬었을 뿐이고, 나는 가끔 물도 길어다 주고 장작도 패 주었다. 그러면 그녀는 건빵도 주고 통조림도 주곤 했다.

"우리 집에 계세요."

나는 고맙다는 인사도 못하고 한 걸음에 달려갔다.

사연인즉 내가 나오자 "무슨 큰 빚쟁이라고 남의 구들장을 베느냐"고 당장 나가라고 하더라는 것이다. 하는 수 없이 그 집을 나오다 군인 가족을 만났던 것이다. 그녀의 말로는 그 몸으로 집에 가기는 어려워 보였다고 했다.

순간 마루에 걸터앉았던 나는 마당으로 뛰어내려가 모탕에 걸쳐 있는 도끼를 집어 들었다.

"야! 이놈의 새끼야!"

비명에 가까운 소리였다. 미울 때의 욕이 아니라 평상시 진심을 말씀하실 때의 욕이었으나 이 순간만은 아니었다.

"총각 왜? 이래요?"

어머니 비명에 놀란 여인이 장작을 안고 부엌으로 가다 말고 나의 짧은 순간이었지만 돈 받으러 왔다가 몇 번이나 울고 오신 기억이 떠올랐다.
쌀이 떨어졌다고 하니까 양재기로 반쯤 담은 쌀그릇을
마루 끝으로 밀어 버리는 바람에 쌀이 폭삭 쏟아지고 말았던 것이다.
그때도 나는 당장 뛰어 내려가고 싶었으나
날이 저문 데다 돈에 대한 미련 때문에 참아야만 했다.

앞을 막았다. 그리고는 장작을 집에 던지고 나의 팔을 잡았다.

"다 죽여 버릴 거예요."

"총각 진정해요!"

"이놈에 새끼야, 함께 죽자!"

어느새 어머니가 마루에서 내려와 나의 다리를 쓸어안았다. 어디에서 그런 힘이 나왔는지 무서운 힘이었다.

"놔요! 어머니! 다 죽여 버릴 거예요."

짧은 순간이었지만 돈 받으러 왔다가 몇 번이나 울고 오신 기억이 떠올랐다. 쌀이 떨어졌다고 하니까 양재기로 반쯤 담은 쌀그릇을 마루 끝으로 밀어 버리는 바람에 쌀이 폭삭 쏟아지고 말았던 것이다. 그때도 나는 당장 뛰어 내려가고 싶었으나 날이 저문 데다 돈에 대한 미련 때문에 참아야만 했다.

"잘못 했다! 내가 잘못 했다. 그때 내가 돈을 주자고 하지 말았어야 했는데."

어머니는 체념하듯 내 다리를 놓고 눈물을 흘리셨다.

"어머니 안 그럴게요!"

나도 어머니 팔을 잡으며 엉엉 소리 내어 울었다.

다음날 아침이었다. 나는 새벽같이 또 그 집으로 향했다.

지금 와서 생각이지만 진작에 그 돈을 포기하지 못한 내가 원망스럽고 세상 물정을 몰랐던 게 참으로 억울하기도 하다.

"웬일이세요, 이 시간에."

운명이었다, 그 시간에 만난 것은. 광부들의 출근 시간은 아직 멀었고 신포리 쪽으로는 마을이 3킬로미터 정도 되었고 광산 쪽으로는 1킬로미터 정도 되는 소위 말하는 산골 무인지점이었다.

"너는 웬일이냐?"

"아주머니 만나러 가는 길인데요."

"또 돈이냐?"

"어제 밤에 어머니가 너무 고생하셨어요."

"그건 네 사정이구."

순간 울컥 가슴이 부르르 떨렸으나 억지로 진정을 시켰다.

"그러지 말고 한 번만 살려 주세요."

다음날 아침이었다. 나는 새벽같이 또 그 집으로 향했다.
지금 와서 생각이지만 진작에 그 돈을 포기하지 못한 내가
원망스럽고 세상 물정을 몰랐던 게 참으로 억울하기도 하다.
"웬일이세요, 이 시간에."
운명이었다, 그 시간에 만난 것은.

"내가 네 어머니를 어쩌기라도 하니?"

"다 달라는 게 아니라 병원비만이라도 달라는 것 아니예요."

"글쎄 없다니까 왜 이래?"

"분명히 이야기하세요. 못 주는 겁니까, 안 주는 겁니까?"

나는 그들의 생활수준을 안다. 마을에서 제일 부자였다. 라디오가 방마다 있었고, 식구마다(4식구) 손목시계를 차고 있었다. 내가 학교 다닐 때만 해도 손목시계는 교장 선생님과 몇몇 선생님뿐이었고 라디오는 쌀가게 한 집뿐이었다.

"애가 왜 이래, 아침부터 재수 없게."

"돈 얻으러 가는 사람에게…."

나는 다시 한 번 가슴이 부르르 떨렸다.

"안 주는 거예요? 못 주는 거예요?"

기어이 나의 언성이 높아졌다.

"그래 안 주는 거다, 어쩔래?"

"그럼 지금까지 두고도 주지 않았단 말이에요?"

"그래 받을 재주 있으면 받아 봐라!"

순간 내가 그동안 받아온 무시와 한해 여름 감자와 호박만 먹고 벽을 짚지 않으면 일어날 수 없었던 일이 생각났다. 칼날처럼 날카로운 버력(광물이 섞이지 않은 잡석) 바닥을 맨발로 살아온 일도 생각났다. 사람들은 지나친 과장을 한다고 하겠지만 마라토너 아베베를 생각하면 이해가 갈 것이다.

"그래요! 잘 먹어 봐요!"

나는 그의 얼굴을 향해 주먹을 날렸다.

돌이켜 보면 한 인간의 인생이 비참하게 끝나는 순간이었다. 나는 내 행동에 대해서 변명하고 싶지 않다. 동정도 바라지 않는다. 그는 나에게 한 행동만 가지고도 법적, 도덕적으로, 그리고 무엇보다 인간적으로 벌을 받아야 마땅할 사람이다.

취조과정에서 형사가 말을 해서 알았지만 그의 광산개발은 애초부터 사기였다. 그는 나에게만이 아니라 순박한 시골 사람들의 아들 딸 결혼시키려고 소 팔고 땅 판 돈을 여러 사람에게서 긁어다 썼다. 물론 하나도 갚지 않았다. 애초부터 계획적이고 상습적인 범죄였다.

나이가 몇인지는 모르지만 큰아들 역시 사기 전과가 두 번이라고

"그래요! 잘 먹어 봐요!"
나는 그의 얼굴을 향해 주먹을 날렸다.
돌이켜 보면 한 인간의 인생이 비참하게 끝나는 순간이었다.
나는 내 행동에 대해서 변명하고 싶지 않다.
동정도 바라지 않는다. 그는 나에게 한 행동만 가지고도 법적, 도덕적으로,
그리고 무엇보다 인간적으로 벌을 받아야 마땅할 사람이다.

했다. 서울에서 그곳까지 온 것도 피신이었다. 피해자(채권자)들은 혹시나 하는 미련을 가졌겠지만 더 이상 사기를 당하지 않은 것만도 다행이라 생각된다.

범죄도 중독이 된다. 계획이 성공했을 때 짜릿한 쾌감을 느낀다. 열 번 징역을 살아도 한 번만 성공하면 충분한 만회가 된다고 말한다. 비록 범죄로 돈을 벌었을지언정 늙어서 손자 손잡고 교회에 나가는 것이 그들의 철학이며 인생관이다. 가진 자들의 비인간적인 횡포나 권력형 범죄가 자신들의 범죄를 정당화 시키고 합리화 시킨다고 책임을 전가하기도 한다.

아무튼 그때 나보다 건장한 두 아들과 어머니와 비슷한 나이를 생각했다면 도저히 할 수 없는 일이었다. 그러나 그 순간에는 아무 생각도 없었다. 무시당했던 생각과 배고팠던 생각뿐이었다.

하늘을 두고 맹세하지만 그를 해칠 생각은 정말 없었다. 나도 모르는 감정의 결과였다.

9
2일간의 도피

"너 무신 일 저질렀구나!"

허겁지겁 집으로 달려온 나는 보따리를 쌌다. 표정에서였는지, 아니면 당황스러운 행동에서였는지, 어머니는 체념한 듯 낙심한 듯 가라앉은 음성으로 말씀하셨다.

"어머니도 빨리 여기를 떠나세요!"

"가기는 어디를 가니!"

"안 그러면 형사들과 아들들이 달려올 거예요."

"가만 있거라."

끝내지 못한 원고 보따리를 들고 일어서는데 어머니가 불러 세웠다. 수준 미달이나마 글을 쓰지 않으면 외롭고 허무하고 슬픈 마음에 글을 쓰다 보니 시란 무엇이냐고 물으면, '마음의 그림' 이라고 대답하고 좀더 범위를 확대해서 문학이 무엇이냐고 물으면, '문학은 사물에 대한 호기심과 문자의 짜깁기' 라고 대답하지만 당시에는 아무것도 몰랐다.

그러면서 수기를 쓰게 된 동기는 한하운의 《나의 슬픈 반생기》란 책을 만났기 때문이었다.

나는 거기에서 엉뚱하게 한하운의 책을 뽑아 들었다.
솔직히 '반생기' 란 한자는 나중에 배웠고,
'나의 슬픈' 이란 넉자만 가지고 호기심이 생겼다.
읽고 난 나는 나도 이런 글을 쓸 수 있다는 생각이 들었다.
슬픈 이야기라면 그보다 많다고 생각했기 때문이다.

학교를 중단할 때 어머니는 이 다음에 후회하지 말고 학교를 마치라고 하셨다. 나는 그때 절대로 후회하지 않는다고 했었다. 그러나 어머니 말씀대로 후회하기 시작했다. 까만 학생복을 입은 친구들을 볼 때였다.

친구 중에 면서기가 꿈이라는 친구가 있었는데 그는 '동북 강의록'으로 독학을 하고 있었다. 책의 구입처를 물으니 춘천에 있는 헌책방에 가보라고 했다.

나는 거기에서 엉뚱하게 한하운의 책을 뽑아 들었다. 솔직히 '반생기' 란 한자는 나중에 배웠고, '나의 슬픈' 이란 넉자만 가지고 호기심이 생겼다.

읽고 난 나는 나도 이런 글을 쓸 수 있다는 생각이 들었다. 슬픈 이야기라면 그보다 많다고 생각했기 때문이다.

지금 생각하면 한없이 무모한 것이었다. 누가 인정해 주느냐가 문제이기도 했지만 출판의 길도 전혀 모르는 상태였다. 아마도 쓰는 자체에 쾌감과 매력을 느끼지 않았나 싶다.

지금도 외로울 때 글을 쓰고 싶듯, 그때도 표현하지 못하는 외로움이 있었던 모양이다.

"차비 하거라!"

나를 불러 세운 어머니는 서까래 밑에서 헝겊 주머니를 꺼내어 주셨다.

"어머니도 빨리 여기를 떠나세요."

주머니를 받아든 나는 급히 밖으로 나왔다.

내가 세상을 살아오면서 가장 가슴 아픈 후회의 순간이었다. 나는 그때 문 밖에서 죽는 한이 있더라도 어머니를 모시고 나왔어야 했다. 아무리 철이 없고 당황스러운 순간일지라도 그 생각을 못했다는 것은 죽어서도 용서 받을 수 없는 일이다.

어머니가 변을 당하지 않았으니 다행이라 생각될지 모르지만 용서 받을 수 없는 불효는 마찬가지다.

세상에 쓰라린 고통은 많다. 친구의 배신도 있고 연인의 변심도 있다. 그러나 이런 것들은 잠시만 슬픔과 분노를 줄 뿐 시간이 가면 차츰 용서도 되고 잊어지기도 한다. 그러나 부모에 대한 불효의 후회는 날이 갈수록 사무치기만 하다. 자살을 한다면 고통은 잊을 수 있겠지 세상에 쓰라린 고통은 많다. 친구의 배신도 있고 연인의 변심도 있다.
그러나 이런 것들은 잠시만 슬픔과 분노를 줄 뿐 시간이 가면
차츰 용서도 되고 잊어지기도 한다.
그러나 부모에 대한 불효의 후회는 날이 갈수록 사무치기만 하다.
자살을 한다면 고통은 잊을 수 있겠지만 용서는 될 수 없는 일이다.

만 용서는 될 수 없는 일이다.

5월의 밤은 춥고 길었다.

이미 형사들로 가득 찼을 것만 같은 민간열차보다는 군용열차가 조금은 안심되었다. 검표도 없을 뿐더러 도중 정차가 적기 때문이었다. 헌데 그 열차는 용산역이 종착역이다.

그래서 나는 서빙고에서 내려 노량진역까지 걸어갔다. 용산역까지 들어가면 구역 철조망이(울타리) 길어서 개찰구를 이용해야 하는데 역시 형사들이 배치되었을 것만 같고 무임승차였기에 차표가 문제되었다.

평소 같으면 대합실에서 밤을 새울 수도 있지만 역시 마음이 불안했고 인근에 여인숙도 눈에 뜨이지 않았다. 역시 불안하기도 했다. 그래서 나는 마음으로나마 의지가 되고 안심이 되는 네루목(침목) 쌓아 놓은 속으로 들어갔다.

우물정(#)자로 쌓아 놓았기에 바람막이는 안 되고 밖에서 안이 잘 보이지 않을 뿐이었다. 추위도 문제였지만 어머니 걱정으로 잠이 올

리가 없었다.

먼동이 트기 시작하자 기적소리가 울려왔다. 6시 33분 부산행 첫차였다. 나는 무조건 열차에 올랐다. 멀리만 떠나고 보자는 생각이 우선이었고 고아원에서 들은 해인사가 목적지였다. 거기 가면 스님들의 방에 불을 때주며 밥을 얻어먹을 수가 있다고 했다.

절이라고 하면 오히려 사람 왕래가 많아서 위험할 수도 있다는 생각을 하지 못한 나는 태평스럽게도 그곳에서 수기를 마치고 자수하겠다는 생각을 했다.

그러나 생각지도 못한 일이 생겼다. 책 보따리를 열차 밖으로 떨어트렸던 것이다. 사람이 많은 객실이 싫었던 나는 승강기 옆모서리에 책 보따리를 올려놓고 어깨로 바치고 있었다.

이때 내 자세가 불안해 보였던지 지나가던 차장이 위로 올라서라고 어깨를 친 것인데 놀래어 뒤돌아보는 순간에 책 보따리가 떨어졌던 것이다. 수원과 병점 사이였다.

뛰어내리기에는 속력이 너무 붙어 있었다. 하는 수 없이 다음 역을 기다렸다. 그리고 헐레벌떡 보따리가 떨어진 장소에 와보니 종이조각

먼동이 트기 시작하자 기적소리가 울려왔다.
6시 33분 부산행 첫차였다.
나는 무조건 열차에 올랐다.
멀리만 떠나고 보자는 생각이 우선이었고 고아원에서 들은 해인사가 목적지였다.
거기 가면 스님들의 방에 불을 때주며 밥을 얻어먹을 수가 있다고 했다.

만 몇 장 널려 있을 뿐이었다.

허탈했다. 글은 나에게 그리움과 추억의 향수였다. 그리고 죽음의 유혹을 물리쳐 준 방패였다. 그래도 나는 혹시나 하는 생각에 건널목 옆에 있는 가게로 들어갔다.

"저 건너 가게로 가 봐요. 아까 그 집 청년이 종이 뭉치를 안고 갑디다."

나는 반가운 마음으로 달려갔다.

"얘야, 여기 좀 나와 봐라."

이야기를 듣고 난 아주머니가 안을 향해 소리쳤다. 잠시 후 30대로 보이는 청년이 나왔다.

"안녕하세요."

나는 인사부터 했다.

"어쩐 일로?"

나는 자초지종을 이야기했다.

"아 그래요. 잠깐 들어와 봐요."

그는 작은 방으로 안내하고는 노트 한 권을 내밀었다.

"네."

"마침 읽고 있었어요."

"다른 것은 없습니까?"

나는 나머지 노트가 궁금했다.

"여기요."

그는 옥편과 사전, 그리고 표지도 없는 잡지 『학원』을 내놓았다. 사실 필요 없는 것들인데 급한 마음에 빼놓지 못했던 것들이다.

"이것뿐인가요?"

"나만 주워온 것이 아니라서…."

"혹시 아시는 분인가요. 나머지 책을 주워간 사람이?"

"아니요."

혹시나 했던 나의 기대는 무너지고 말았다.

"문학을 좋아하는가 보지요."

"네. 제가 살아온 이야기를 한 번 쓰고 싶었습니다."

"좋은 일이지요. 나 시나리오 작가 도금하라는 사람이요."

그는 자기소개와 함께 손을 내밀었다.

나는 그때서야 도배하다시피 한 방안의 포스터를 이해할 수가 있었다.
그중에는 〈그대 목소리〉란 영화에 나오는 도금봉과 오토바이를 타고
가슴을 반쯤 내놓은 안나영도 있었다.
안나영은 아리랑인가 명랑인가 하는 잡지 표지에도 나와 있었던
그야말로 가슴 떨리는 배우였다.

"혹시 '독립 운동과 청년 이승만' 이란 영화를 본 일 있습니까?"

"포스터는 봤지만 영화는 아직…."

"그거 내가 쓴 작품이요."

나는 그때서야 도배하다시피 한 방안의 포스터를 이해할 수가 있었다. 그중에는 〈그대 목소리〉란 영화에 나오는 도금봉과 오토바이를 타고 가슴을 반쯤 내놓은 안나영도 있었다.

안나영은 아리랑인가 명랑인가 하는 잡지 표지에도 나와 있었던 그야말로 가슴 떨리는 배우였다.

누구나 소년 시절에는 다 그랬겠지만 나는 영화를 무척 좋아했다. 돈이 없어서 남의 집 닭을 훔쳐다 팔기도 했고, 학교에 영화가 들어오면 청소 도구 보관하는 마루 밑에 숨었다가 보기도 했다. 운동장에서 상영을 할 때는 포장 밑으로 기어들다가 잡혀서 매를 맞고 구경을 하거나 쫓겨나기도 했다.

지금도 연예인이라 하면 청소년들이 열광하지만 시대는 달라도 마음은 같았는지 그때도 그랬다. 이상형에 대한 그리움의 본능이 아니었던가 싶다.

"저 선생님, 며칠만이라도 일할 수 있는 곳이 없을까요?"

이제 수기가 문제가 아니라 숨어서 살 수 있는 데까지 살고 싶었다.

"왜요?"

"수소문해서 노트를 찾고 싶어서요."

"그러지 말고 나와 함께 공부할 생각은 없소? 잘 다듬으면 좋은 글이 될 것 같은데."

뜻밖의 제안에 나는 모든 불안이 사라지는 듯했다.

"그래 주신다면야 얼마나 고맙겠습니까?"

"마침 우리 삼촌댁에 일꾼이 필요했거든요. 그러니까 낮에는 거기서 일하고 밤에는 여기 와서 공부하고."

"열심히 하겠습니다."

나는 마치 결정이라도 된 듯 몇 번이고 허리를 굽신거렸다.

"그럼 당장 가 봅시다."

그는 나보다 더 서둘렀다. 그러나 삼촌은 서울에 올라가고 없었다. 하는 수 없이 저녁에 다시 가기로 하고 돌아왔다. 내 마음은 금방 어두워졌다. 일이 잘못 되면 어쩌나 하는 불안한 생각도 들었지만 또다 그는 나보다 더 서둘렀다.
그러나 삼촌은 서울에 올라가고 없었다.
하는 수 없이 저녁에 다시 가기로 하고 돌아왔다.
내 마음은 금방 어두워졌다.
일이 잘못 되면 어쩌나 하는 불안한 생각도 들었지만 또다시 어머니 걱정이 되었다.

시 어머니 걱정이 되었다. 지금쯤 외갓집에 나와서 계실까. 아니면 그 집 자식들이 들이닥친 것은 아닐까.

그래도 외갓집을 믿었던 것은 거기에도 건장한 두 형제가 있기에 보호 받으리라는 생각이 들었기 때문이다.

"잠깐만!"

집으로 돌아온 우리는 잃어버린 노트에 대한 이야기를 하던 중 나의 말을 끊었다.

"……."

"그럼, 그때 그 꼬마가 자네였단 말인가?"

그는 대뜸 말을 놓았다. 그의 이 같은 태도가 나로 하여금 불쾌한 게 아니라 반가웠다. 나를 알고 있다는 점도 그렇지만 반말이란 믿는 사이이거나 가까운 사이에만 있을 수 있는 언어법이기 때문이다.

그가 그때 그 꼬마라는 말은 휴전이 되기 전 화천 시내 어떤 주보에서 어머니와 함께 있었을 때를 말하는 건데 부대 이름은 잘 모른다. 주보란 대개 영내에 있는 것인데 그 당시에는 영외에 있었고, 주변에는 8사단 의무 중대와 2군단 소속 부대가 있었기 때문이다.

거기에서 멀지 않은 곳에 2군단 사령부가 있었고 거기에서 북으로 조금 더 가면 말고개라는 고개 밑에 탄약부대가 있었다. 고개를 넘으면 또 6사단이 있었다.

어느 부대 위문인지는 모르지만 그때 군 위문대가 들어왔는데 성한 집이 한 채도 없는 그야말로 잿더미 위에다 천막을 치고 식사를 주보에서 날라다 먹었다.

바로 그 심부름을 내가 했었는데 그때 나를 보았다는 것이었다. 참으로 기묘한 인연이요, 이로 인해 나는 그가 오랜 친구 같은 느낌이 들었다.

헌데 저녁이 되어 삼촌 집에 다녀온 그의 표정이 매우 걱정스러워 보였다. 말없이 담배만 피워댔다. 나는 일이 잘못 됐음을 직감했다. 아닌 게 아니라 삼촌이 서울에 갔던 것은 땅을 팔기 위해서였는데 그 일이 잘 됐다는 것이다. 그것은 내가 그와 함께 있을 수 없게 되었다는 말이었다.

나는 모든 것을 체념했다. 그리고 내 사건을 솔직히 고백했다. 사실 나는 그와 이야기를 나누는 동안 많이 망설이고 고민했다. 언젠가 내

이제 모든 희망은 사라졌다. 얼마나 될지 모르지만
숨어서 산다는 기대도, 시간상 다시 쓸 수도 없는 수기도 사라졌다.
내가 세상을 대변할 만한 작가는 아니지만
수기원고를 잃어버린 한 숨어서 살 이유도 없어졌다.
그만큼 나의 수기는 그리움과 추억의 향수였다.

존재가 밝혀지는 날 그는 무척 놀랄 것이다.

그리고 가증스러운 배신자라고 무척 실망하고 분노할 것이다. 그런 생각 때문에 모든 사실을 고백할까도 생각했지만 형무소(지금의 교도소) 간다는 사실이 너무나 무서웠다. 사형을 당할지도 모른다는 생각이 들었다.

그러나 이제 모든 희망은 사라졌다. 얼마나 될지 모르지만 숨어서 산다는 기대도, 시간상 다시 쓸 수도 없는 수기도 사라졌다. 내가 세상을 대변할 만한 작가는 아니지만 수기원고를 잃어버린 한 숨어서 살 이유도 없어졌다.

그만큼 나의 수기는 그리움과 추억의 향수였다. 그리고 지나놓고 보니 죽음에 대한 유혹을 물리친 방패이기도 했다. 성급한 이야기지만 나는 교도소에서 펜 끝에 어는 잉크를 입김으로 녹이며 새끼손가락에 동상이 걸리면서도 글을 썼다.

나는 모든 사실을 고백했다.

"그럼 이렇게 하지."

나의 이야기를 듣고 난 그는 천정을 바라보며 무엇인가 생각하더니 입을 열었다.

"어떻게요?"

"자수!"

그는 덧붙여 사건 동기와 결과로 보아 살인이 될 수 없고 참작의 여지가 많다고 했다. 다시 말해서 정상을 참작해서 동정을 베푼다면 상해 치사도 될 수 있는데 그렇게 되면 5년 이상 벌을 받지 않는다는 것이었다.

그리고 경찰서로 가지 말고 신문사로 가라고 했다. 그래야만 자수가 된다고 했다.

왜 그런지는 모르지만 나는 그가 시키는 대로 했다.

10

축구공이 되었던 나의 나체

이것은 나의 경험이 아니라 《내가 설 땅은 어디냐》라는 자서전을 쓴 허근욱이란 여류 작가의 경험이다.

굳이 '나체'라는 말을 지우지 않은 것은 그가 당한 육체적 고통보다는 여성으로서 견딜 수 없는 수치심을 강조한 게 아닌가 싶다. 그를 기억하는 사람들이라면 그의 아버지가 북한의 제2인자인 허정이란 사실도 기억할 것이다. 그럼에도 허근욱은 월남을 했다. 지식인으로서 공산주의가 싫었던 것이다.

그러나 남한에서는 그의 진실을 믿어주지 않고 사상을 의심했고 간첩으로 몰았다. 소위 말하는 실적을 위해서였다. 그러다 보니 죄 없는 사람들이 억울하게 사형을 당하거나 몇 십 년씩 징역을 사는 사건들이 발생했던 것이다.

심지어는 성폭행으로 악용되기도 했다. 그 집에 과년한 딸이 있으면 여지없이 표적이 되었다. 조사할 것이 있다는데 거부할 법도, 장사도 없었다.

딸이 당하고 나야만 조사가 끝나고 편안했다. 이 같은 불법적이고 비인도적인 사건은 경찰에만 있는 게 아니었다.

다른 곳은 모르지만 사창리라는 곳과 화천이라는 곳에서 춘천으로 나가는 외통수 신포리 합동검문소에서도 젊은 여성들의 정조 유린이 수도 없이 있었다.

전방으로 면회 가는 군인들의 누나, 또는 여동생 그중에는 아내들도 있었다.

도민증을 소지하지 않았거나 가지고 있어도 가짜인지 조회를 한다면서 여관(전후여관) 방에다 감금하고 몹쓸 짓을 했던 것이다. 그 중에는 지금도 잊지 못하는 나의 짝사랑의 여인도 있다. 지금 살아 있다면 83세이고 아들 딸, 손자까지 있겠기에 이름까지는 밝히지 못하지만 집은 인천시 송현동이라고 했다.

그때 내 나이 열여섯인가 되었으니까 그때부터 짝사랑한 건 아니고 그녀가 애기를 낳고 홀로 살 때였다. 그녀는 6사단 헌병 파견대장인 송 상사란 사람에게 당하여 아예 전우다방이란 곳에 눌러 있으며 살림을 차렸으나 전근 후 소식을 끊었다. 애기 때문에 일도 할 수 없는 그녀는 불도 때지 못하는 여관방에서 오돌오돌 떨고 있었다.

다방 레지때 건빵도 얻어먹고 통조림도 얻어먹었다. 신세를 잊지

애기 때문에 일도 할 수 없는 그녀는 불도 때지 못하는
여관방에서 오돌오돌 떨고 있었다.
다방 레지때 건빵도 얻어먹고 통조림도 얻어먹었다.
신세를 잊지 못해서 나는 그녀를 집에다 데려다 겨울을 나게 했다.
좋아했으나 말 그대로 짝사랑이었고 감히 말도 꺼내지 못했다.

못해서 나는 그녀를 집에다 데려다 겨울을 나게 했다. 좋아했으나 말 그대로 짝사랑이었고 감히 말도 꺼내지 못했다. 하등에 필요 없는 말을 왜 하느냐고 할지 모르지만 나는 세상이 알지 못하는 역사의 증언을 하고 싶은 것이다.

앞에서도 말했듯이 그는 평생을 두고 잊지 못하며 내가 죽기 전에 꼭 한번 보고 싶은 여인이다. 일을 마치고 돌아오는 어두운 모퉁이에서 어린 아이를 안고 기다려 주던 누나! 그때는 덥석 안아보고 싶은 충동도 느꼈고 부부로 착각하기도 했었다. 남자로서 용기 있게 직접 말하지 못하고 겨우 어머니에게 말씀 드렸더니 다음날 모퉁이에서 기다려 줄 줄 알았던 누나가 나타나지 않았다. 어머니가 보낸 것이다. 간다는 말도 없이 어디론가 가버린 것이다.

어쨌든 내 인생에서 가장 아름다웠던 추억이 아닌가 싶다. 한동안 외롭고 허전했었다. 물동이로 하나 가득히 꺾어다 놓은 진달래를, 몸은 가도 마음은 두고 간다는 표시라고 믿기도 했었다. 늦었지만 나는 그녀에게 꼭 하고 싶은 말이 있다.

몰래 사랑해서 행복했다는 말이 아니라, 죽기 전에 한 번 만나고 싶

다는 말이 아니라, 배신당한 성에서 이제 그만 해방되라는 말을 해 주고 싶은 것이다.

여성들에게서 순결을 강요하는 것은 남성들의 뻔뻔한 위선이며 독선이며 이기심이다. 이제 여성들 스스로가 의식을 깨고 나오지 않으면 안 된다. 여성들은 신으로부터 법으로부터 똑같은 권리와 인격을 가지고 태어났다. 스스로의 상처 속에서 의식을 가둘 필요가 없다.

지금의 미투(Me too) 정신도 저절로 생겨난 것이 아니다. 의식의 개혁이며 남녀가 똑같은 권리를 타고 났다는 떳떳한 용기이다. 미투 바람이 불기까지 몇 천 년의 시간이 필요했다. 이제 성의 문제를 당했다고 생각하지 말고 즐겼다고 생각해야 한다. 그렇게 의식을 바꾸지 않으면 상처는 아물지 않는다.

혼전 성경험을 남성들은 자랑으로 여기는데 여성들은 왜 그러면 안 되는가. 진정한 평등이 되자면 여성들도 그래야 한다. 윤리, 도덕 어쩌구 하겠지만 그것은 남성들의 독선과 이기주의다. 남성들의 위선이 인류를 잘 흘러가게 했듯이 이제 여성들의 의식 변화가 인류를 잘 흐르게 할 때다.

혼전 성경험을 남성들은 자랑으로 여기는데 여성들은 왜 그러면 안 되는가.
진정한 평등이 되자면 여성들도 그래야 한다.
윤리, 도덕 어쩌구 하겠지만 그것은 남성들의 독선과 이기주의다.
남성들의 위선이 인류를 잘 흘러가게 했듯이
이제 여성들의 의식 변화가 인류를 잘 흐르게 할 때다.

어디에선가 얼핏 보았기에 나혜석과 전혜린이 여성선구자였다고 하는데 무엇을 어떻게 했는지 잘 모르겠고, 이과수폭포 같은 남성들의 권위 의식에 외로우나 용기 있게 저항한 서지현 검사에게 박수를 보낸다.

이미 그 사건을 계기로 2018년 여름호 『지구문학』에 '미투'라는 제목으로 시를 발표한 바도 있지만 언젠가는 누구에게 위대한 여성이란 말을 들을 것이다.

누군가 나를 비난할지도 모른다. 그러나 나는 신념 때문에 비난 받는다면 성공한 인간이라고 생각한다. 이것은 비단 그 누나에게만 해당되는 이야기가 아니다. 모든 여성들에게 안기는 양심의 애정이다.

결백을 증명하거나 억울함을 호소하기 위해서 자살 같은 건 하지 마라. 길을 가다가 돌부리에 걸려서 넘어졌다고 주저앉아서는 안 된다. 일어나서 가던 길을 가야 한다. 성이 생명보다 중할 수는 없다.

재판도 무시하라. 판사가 뭘 아는가. 좋은 환경에서 공부 잘 해서 아는 것은 법 밖에 없다. 법이 인생의 전부가 아니다. 정의도 아니다. 인생은 모른다. 더러는 배고픈 경험을 한 판사도 있지만 그도 결과만 보지 정황은 보지 못하지 않는가.

여성에게서 청결을 원하는 것은 남성들의 이기심과 독선일 뿐이다. 나오라, 닫힌 문을 열고 저 넓은 천지를 향해서. 남자들은 부끄러운 줄 알아야 한다. 그래야 남자다. 진정한 여성 인권이 존중되자면 일방적인 이혼도 성폭력으로 인식되어야 한다.

심석희 선수에게도 같은 심정이다. 법에 의한 한풀이는 의미가 없다. 홀로 아팠듯이 홀로 멍에를 벗는 것이다.

처음 가는 길은 험하고 외롭다. 그러나 발자국은 남는다.

"야, 이 새끼야! 자수를 할 거면 여기서 하지, 서울까지 뭐 빨러 갔었냐!"

한국일보사에서 종로경찰서로 안내된 나는 다시 춘천경찰서로 압송되었다. 일반인과 동승한 열차에서는 아무 말도 없던 형사 중 한 사람이 경찰서에 도착하자마자 한 첫 마디였다.

"그 새끼 조사도 할 필요 없어. 바로 죽여 버려!"

의자에 앉히고 양쪽 손목에 수갑을 채우자 건너편 책상 앞에 앉은

"야, 이 새끼야! 자수를 할 거면 여기서 하지, 서울까지 뭐 빨러 갔었냐!"
한국일보사에서 종로경찰서로 안내된 나는 다시 춘천경찰서로 압송되었다.
일반인과 동승한 열차에서는 아무 말도 없던 형사 중 한 사람이
경찰서에 도착하자마자 한 첫 마디였다.

형사가 말했다.

"야! 사람이 사람을 어떻게 죽이니!"

"왜 죽였어?"

"너 강간한 거 아니냐?"

"맛이 어땠어?"

"이 새끼 정말 사람 잡게 생겼네."

지나가는 형사마다 한 마디씩 던지고 머리를 쥐어박거나 정강이를 발길로 찼다. 알고 보니 그건 취조가 아니었는데 상관없는 사람들이 그토록 가혹 행위를 했다.

날이 샜다. 그제서야 나를 유치장으로 안내했다. 어두컴컴한 지하 복도를 지나 안이 환히 보이는 철문을 열었다. '삐그덕, 철컹' 하는 문 소리가 마치 돌아오지 못한다는 암호 같았다.

"소지품 있는 대로 꺼내 놓고 허리띠 풀어!"

유치장을 지키는 간수가 지시했다. 그리고는 철창으로 앞이 훤히 터진 유치장에 넣었다. 출입문은 뒤쪽에 있었다. 곰팡이 냄새가 확 풍기고 새장에 갇힌 듯 답답했다.

"똥, 오줌 싸고 싶으면 저 구석에 있는 뚜껑을 열면 돼."

간수 있는 자리에서 훤히 보이는 곳이었다.

'……, 사람이 보는 곳에서 어떻게…….'

나는 수치심이 생겼다. 그러나 수치심보다 더 강한 것은 본능이란 사실을 시간이 가면서 알게 되었고, 그것이 아무런 죄도 부끄럼이 아니라는 사실도 알게 되었다. 그나마 나는 혼자 있어서 다행이지만 옆방에는 여러 명이 함께 있으니 얼마나 참고 참아야 하겠는가. 먹고 싸는 문제는 인간도 동물이다.

드디어 밤마다 불러내는 취조가 시작되었다.

"미리 숨어 있다가 살해한 게 아닌가?"

"아니다. 어떻게 그 시간에 거기에 온다는 사실을 알았겠는가?"

"바로 말하지 않으면 재판에서 더욱 불리해진다!"

"……."

"그럼 어떻게 거기에서 만났는가?"

"돈 구하러 가는 길이라고 했어요."

며칠 밤을 똑같은 질문에 똑같은 답변을 하던 끝에 '받을 재주 있으나는 수치심이 생겼다.
그러나 수치심보다 더 강한 것은 본능이란 사실을 시간이 가면서 알게 되었고,
그것이 아무런 죄도 부끄럼이 아니라는 사실도 알게 되었다.
그나마 나는 혼자 있어서 다행이지만 옆방에는
여러 명이 함께 있으니 얼마나 참고 참아야 하겠는가.
먹고 싸는 문제는 인간도 동물이다.

면 받아보라' 는 그 말끝에 '죽여 버리겠다는 생각을 했다' 는 말로 취조는 끝났다. 그리고 검찰에 넘어가서 딴소리하면 다시 돌아와서 고문을 당한다고 했다.

고문이 어떤 것인지는 모르지만 무서운 취조라는 건 알고 있다. 동네 파출소나 특무대 다녀온 사람들의 말을 많이 들어왔기 때문이다. 실제로 신포리 검문소 파견 특무대에서는 비명소리가 자주 들리고 그리고 나면 업혀서 집으로 가는 사람들이 있었다.

그리고 취조 형사는 다짐하듯 말했다. 취조 받은 대로만 대답하면 동정을 받지만 바락바락 딴 소리를 하면 악질로 봐서 동정할 것도 하지 않는다고.

형무소에 넘어가서야 알았지만 고문이란 코에다 고춧가루 물을 붓거나 귀두에다 전화선을 묶고 손잡이를 돌리고 손톱을 뽑기도 한다고도 했다.

과연 사실일까 하고 그때는 믿지 못했지만 징역을 살면서 사실임을 믿을 수 있게 됐다. 고문치사라는 죄명으로 징역을 사는 전직 경찰관들이 있었기 때문이다.

지금 이 글을 쓰는 시점이 2018년도이니까 누구나 다 아는 사실이지만 박종철 고문치사 사건과 권인숙 성고문 사건도 있지 않았는가. 그리고 조선대학교 임종석의 의문의 죽음도 있지 않은가. 또 고문기술자 이근안이란 형사는 왜 있었는가.

1980년대에 이런 일이 있었으니까 50년대, 60년대의 실상은 짐작이 가고도 남는다. 여기에 세상이 모르는 사건이 하나 있다. 한국 최초의 유괴사건인데 조두영 사건이다.

그의 사건은 알지만 서울 시내 불량아들이 고문의 후유증으로 죽거나 평생 장애를 안고 살아야 했던 사실 말이다. 그때 전과 사실이 있는 불량배들은 무조건 끌려가서 고문을 당해야만 했다.

고문에 못 이겨 무기징역을 살다가 그 사건의 진범이 잡히는 바람에(두영이 사건을 말하는 게 아님) 풀려난 김익밀이란 사람도 있고, 반대로 불지 않은(고백하지 않은) 자신의 죄를 뒤집어쓰고 징역을 살게 된 사람을 위해서 자수한 어진이란 사람도 있다.

지금은 경찰관이 폭행을 당하고 노조들의 불법 시위도 막지 못하는 세상이 되었지만 파출소에서 동생이 맞아 죽는 것을 보고, 증인이 피

지금은 경찰관이 폭행을 당하고
노조들의 불법 시위도 막지 못하는 세상이 되었지만
파출소에서 동생이 맞아 죽는 것을 보고,
증인이 피의자로 뒤바뀌었던 시절도 있었다.
이것은 뉴스에서 본 사건이고 기가 막히게도 내 아내가 직접 당한 일도 있다.

의자로 뒤바뀌었던 시절도 있었다. 이것은 뉴스에서 본 사건이고 기가 막히게도 내 아내가 직접 당한 일도 있다.

셋방살이하던 시절 별로 잃을 것도 없고 시장도 가까운 곳에 있는 지라 문단속을 하지 않고 다녀왔는데 대문 밖에 남자 한 사람이 서 있고 대문 안에 막 들어서는데 웬 여자 두 사람이 우리 방에서 나오더란 것이다. 당연히 용건을 물을 수밖에 없는데 시비가 되었다.

결국 몸싸움이 되어 주인이 파출소에 신고해서 연행되었는데 그야말로 피해자와 가해자가 바뀐 상태에서 조사가 시작되었다. 조사 중 남자와 경찰관이 나갔다 들어오더니 상해죄로 아내를 고소한다는 것이었다.

상대는 여자 두 명에 남자가 하나이고 이쪽은 여자 혼자인 데다 목에 상처를 입은 사람은 아내였다. 헌데 갑자기 남자가 옆구리가 결린다면서 진단서를 끊으러 가겠다고 했다. 아내는 오히려 겁을 먹었고 경찰관은 합의하라며 사건을 마무리했다.

막상 집에 오니 저금통과 카메라가 없어졌다. 그래도 아내는 겁을 먹고 내가 오기만을 기다렸다. 한 걸음에 파출소로 달려간 나는 분실 사실과 함께 그들의 신원을 확인해 달라고 했다. 하지만 확인은 고사하고 사건 기록마저 없었다.

나는 바로 옆에 있는 성북경찰서에 이 사실을 진정하겠다고 했다. 그때서야 경찰관은 실수했노라고 시인하고 잘못했다는 사과도 했다. 자리를 오래 비울 수 없는 나는 하는 수 없이 사건을 확대하지 못하고 돌아오고 말았다.

아무튼 상해사건이건 폭행사건이건 사람이 죽었다고 하면 살인과 다를 바 없다. 법으로 구별만 했을 뿐이다.

그러나 도덕적으로나 현실적으로 똑같은 살인인 데도 법에서 정한 살인이라고 하면 사람들의 인식이 달라진다. 아무리 가깝던 사람도 이해하지 않는다.

내가 굳이 생각조차 하기 싫은 사건을 꺼낸 것은 오해로 인해서 내 가까운 사람들에게 상처를 남기지 않기 위해서이다.

진실로 계획적이 아니라 우발적이었다고. 징역을 산 것보다 더 억울한 것은 죄명이다.

11
제1의 인생이 끝나는 순간

나는 내 인생의 전환점을 3단계로 본다.

첫 단계는 태어나서 살인사건까지이고, 제2단계는 16년 동안의 징역살이이며, 마지막 세 번째 단계는 출감 후 지금까지 살아온 기간이다.

대개 무기징역을 받은 사람들은 징역살이가 인생의 마지막이라고 체념한다. 사실 희망이 없다. 나이에 따라 좋은 세월 다 빼앗기고 만다는 절망도 있지만 인생에 목표를 삼을 희망이 없다. 내 의지대로 할 수 있는 것은 아무것도 없다. 오죽하면 인생 막장이라고 할까만 꿈도 없고 자유도 없다. 하나에서 열까지 제재 안 받는 것이 없다. 심지어는 오줌 싸고 똥 싸는 것도 감시를 받아야 한다.

큰 틀로 볼 때, 국가에선 형벌 위주에서 교화 위주로 방침을 바꿨지만 일선 실무자들의 입장에선 안전이 우선이다. 도주를 예방하는 것 말이다. 하다 보니 모든 것을 감시할 수밖에 없다. 사탕 한 알 빵 한 조각을 가족에게 직접 받을 수 없고 복역 연한에 따라 차등이 있지만, 면회도 편지도 한 달에 한 번씩 밖에 할 수가 없다.

자유의 박탈이란 육체적인 것뿐만 아니라 정신적인 면이 더욱 고통스러운 것이다. 열흘간의 유치 기한을 채우고 형무소로 넘어가는 날이 왔다.

"얘, 성두야!"

뒤에서 어머니 음성이 들려왔다.(참고로 집에서 부르는 내 이름은 '성두' 다.) 뜻밖이었다. 울컥 눈물이 났다. 살아 계셨다는 사실이 확인되는 순간 포기하지 못한 돈이 원망스럽고 후회되었다. 돈으로 용서될 수 있다면 평생 벌어서 갚으라고 해도 그렇게 하겠다는 생각까지 들었다.

"여기다!"

열흘 만에 보는 햇빛이 눈을 부시게 하여 이마에 손을 대고 어머니를 찾는데 다시 한 번 어머니 음성이 들려왔다.

"함께 타세요. 원래는 안 되는 건데."

어머니는 가까이 오시고, 형사는 동승을 시켰다.

"아무 말도 마세요. 그러면 함께 못가요."

형사는 주의를 시켰다. 어머니의 몰골이 말이 아니었다. 평상시에 입던 흰 치마저고리가 굴뚝 청소부처럼 얼룩지고 얼굴은 그야말로 반

뒤에서 어머니 음성이 들려왔다.
참고로 집에서 부르는 내 이름은 '성두'다. 뜻밖이었다.
울컥 눈물이 났다. 살아 계셨다는 사실이 확인되는 순간
포기하지 못한 돈이 원망스럽고 후회되었다.
돈으로 용서될 수 있다면 평생 벌어서 갚으라고 해도 그렇게 하겠다는 생각까지 들었다.

쪽이었다. 45세면 그때 대개 할머니라는 소리를 들었는데 손자나 손녀가 있어서도 그랬지만 정말로 이마가 땅에 닿을 정도로 허리가 굽어 있기 때문이었다. 헌데 50이 다 되신 어머니는 노인 중에서도 노인이었다.

12일 동안 어디서 어떻게 지내셨고 신포리에선 어떻게 나오셨는지 몹시 궁금했지만 말을 꺼낼 수가 없었다.

"아주머니는 여기서 내리세요."

형무소로 바로 가는 줄 알았더니 저 앞에 검찰청이란 기둥 간판이 보였다.

알고 보니 검사에게 심문을 받기 위해서였다. 그러나 해가 지도록 부르지 않았다. 결국 해가 지도록 기다린 뒤에 쪽지 지시를 받고 형무소로 넘어가게 되었는데 그때까지 어머니가 기다리고 계셨다.

"그건 안 돼요, 큰일 나요."

나를 보자 어머니가 종이 봉지를 내밀었다. 냄새와 봉지에서 배어나온 기름으로 보아 호떡이었다. 유치장에서나 형무소에서 가족이 직접 음식을 전할 수 없는 것은 간첩들이 독살을 시키는 데서 온 법이라

고 했다.

이건 인간의 본성을 모르는 편의주의에서 온 발상이다. 어느 부모가 그리고 어느 형제가 자식과 형제를 독살하겠는가. 설혹 간첩이라 할지라도 말이다.

"아주머니! 여기서는 안 돼요."

내가 차에 오른 후 어머니도 타시려 하자 안 된다고 했다. 그리고 차는 서서히 움직였다.

어머니가 뒤따라 오셨다.

"어머니!"

나는 뒤돌아보며 어머니를 불렀다.

차에 속력이 붙었다. 어머니도 뛰기 시작했다. 신발이 벗겨졌다. 한쪽마저 벗어 던지고 맨발로 뛰셨다.

'신이여! 나의 죄를 변명하려는 건 아닙니다. 책임을 면하려는 것도 아닙니다. 그러나 배신으로 인한 한 인간의 죽음과 맨발로 뛰어오는 저 여인의 슬픔이 어느 것이 더 비극입니까!'

나는 속으로 외쳤다.

차에 속력이 붙었다. 어머니도 뛰기 시작했다.
신발이 벗겨졌다. 한쪽마저 벗어 던지고 맨발로 뛰셨다.
'신이여! 나의 죄를 변명하려는 건 아닙니다. 책임을 면하려는 것도 아닙니다.
그러나 배신으로 인한 한 인간의 죽음과 맨발로 뛰어오는
저 여인의 슬픔이 어느 것이 더 비극입니까!'

"야! 이놈에 새끼야, 함께 들어가 살자!"

검찰청과 형무소의 거리는 멀지 않은 모양이었다. 철문을 열고 닫는 데 시간이 걸렸는지 아니면 질러오는 길이라도 아셨는지, 차에서 내려 걸어가는데 어머니가 소리치셨다. 뒤돌아보니 온통 얼굴에는 땀과 눈물이 범벅되었고 굳게 닫힌 철문 살을 잡고 흔드셨다.

"너 혼자 어딜 가니?"

어머니는 기어이 땅바닥에 주저앉으시고 나는 두 형사에게 등을 밀리며 건물 안으로 들어섰다.

"어머니!"

나는 어머니를 부르며 다시 신을 원망했다.

인간이 아닌 신이 어찌 인간의 고통을 알리요. 자살도 허락지 않는 신이 어찌 인간의 슬픔과 외로움과 그리움을 알리요! 오직 인간의 고통은 인간도 모르고 자신만이 알 뿐이다.

영혼이 있다면 어머니는 지금도 나를 위해 우실 것이다.

12

네 이름은 480번이다

"잘 하고 있어."

서무과라는 곳에서 인수인계가 끝나자 호송형사가 나의 등을 토닥거렸다.

"이제부터 네 이름은 480번이다."

무엇인가 한참 서류에 적고 난 직원이 일어서며 말했다. 그리고 또 다른 사무실로 갔다. 출입문 위에 계호과란 푯말이 붙어 있었다. 죄명과 이름을 간단히 확인한 후 긴 복도만 보이는 건물로 안내되었다. 침침한 전등 아래 간수가 한 사람 있었다.

"이름이 뭐냐?"

"480번입니다."

"죄명은?"

"…… 살인이요."

나는 망설이다 대답했다.

"따라와!"

간수는 책상 위에 T자 모양의 쇠뭉치를 들고 앞장섰다. 그리고는 어느 지점에서 문을 땄다. 쇠뭉치는 열쇠였다. 철커덕하고 문 따는 소리

서무과라는 곳에서 인수인계가 끝나자 호송형사가 나의 등을 토닥거렸다.
"이제부터 네 이름은 480번이다."
무엇인가 한참 서류에 적고 난 직원이 일어서며 말했다.
그리고 또 다른 사무실로 갔다. 출입문 위에 계호과란 푯말이 붙어 있었다.
죄명과 이름을 간단히 확인한 후 긴 복도만 보이는 건물로 안내되었다.

와 삐거덕하고 문 열리는 소리가 음침했다.

"식구 하나 늘었다."

간수는 나를 밀어 넣고 문을 닫았다.

푸른 옷에 박박 깎은 머리가 섬뜩했다. 살인보다 무서운 죄를 저지른 것만 같았다.

"서 있지 말고 거기 앉아!"

무엇을 어떻게 해야 할지 몰라서 엉거주춤하고 서 있는 나를 향해 제일 안쪽에 있는 덩치 큰 죄수가 지시했다.

'이름이 뭐냐? 집이 어디냐? 죄명이 뭐냐? 사건 내용은?'

마치 형사 취조 때와 같은 태도를 보인 그는 환영식을 한다면서 옆에 있는 내 또래에게 눈짓을 했다. 지시를 받은 죄수는 먼저 시범을 보인 후 시키는 대로 하라고 했다. 수십 년의 세월이 흘렀지만 차마 재현하기 자존심 상하고 수치스럽고 모욕적인 일이었으나 어차피 행형사의 자료를 남기려는 의도였으니 적기로 하는데, 첫째는 엉덩이를 벽에다 대고 주소와 이름 쓰기이며, 둘째는 먹고 싶은 음식 열 가지와 하고 싶은 것 열 가지를 대는 것인데 쉬울 것 같지만 사실은 막힐 수

밖에 없다. 배운 게 많아야 하고 싶은 일이 많고, 먹어본 음식이 많아야 먹고 싶은 것도 많을 게 아니냐 말이다. 그리고 인간이 어디까지 추락할 수 있는가를 보여주는 명곡 연주인데 왼손으로 귀뒤를 잡고 오른손 손가락으로 바이올린 연주 흉내를 내며 노래를 부르는 것이다. 답답하고 무료한 시간 잠시라도 고민을 잊자고 하는 행동이지만 당하는 사람 입장에서는 죽고 싶을 만큼 수치스러운 치욕이다.

"수고했다. 이제 한 식구가 됐다."

나중에 알고 보니 감방장이라는 죄수인데 엄청나게 큰 죄라도 졌나 싶었는데 그게 아니라 감방에 들어온 서열이었다.

"한 식구가 됐으니 소통을 위해서 몇 가지 알아야 할 상식이 있다. 그것은 3체 7통 6조짐이라는 것인데 3체란 못난 게 잘난 체, 없는 게 있는 체, 무식한 게 아는 체하는 것이고, 7통이란 저기 밥 들어오는 식구통, 저 문짝에 달린 작은 유리창은 방안의 동태를 살피는 감시통이고, 저 천정 구석에 있는 구멍은 공기통이다. 그리고 저 새우젓 독은 물통이고, 저 구석에 나무 뚜껑이 있는 것은 우리 생활에서 뿐만 아니라 인간 생활에서 먹는 것보다 중요한 변기통이다. 사람은 열흘을 굶

인간이 어디까지 추락할 수 있는가를 보여주는 명곡 연주인데
왼손으로 귀뒤를 잡고 오른손 손가락으로
바이올린 연주 흉내를 내며 노래를 부르는 것이다.
답답하고 무료한 시간 잠시라도 고민을 잊자고 하는 행동이지만
당하는 사람 입장에서는 죽고 싶을 만큼 수치스러운 치욕이다.

어도 살지만 열흘을 싸지 않고는 살 수 없는 동물이다. 그리고 또 한 가지 중요한 건 팻통이란 것인데 저 복도쪽 벽에 톡 불거진 보턴이다. 그것은 간수를 부르는 신호 막대기이며, 그리고 마지막엔 곤조통이란 말썽꾸러기가 있는데 대개는 감방장의 성격을 말하는 것이다."

하나도 기억 못할 말을 주워섬긴 감방장은 대단한 강연이라도 한 양 물 한 모금을 마시고 6조짐에 대해서 설명했다.

그 전에 우선 나의 잠자리가 정해졌고, 아침에 일어나면 머리에서 구더기가 한 움큼씩 떨어지곤 했다. 냄새도 끔찍했지만 그것이 제일 징그러운 일이었다.

1. 형사는 때려 조지고 = 고문
2. 간수는 세어 조지고 = 인원점검
3. 검사는 물어 조지고 = 반복사건 확인
4. 판사는 밀어 조지고 = 연기, 또 연기
5. 변호사는 달래 조지고 = 수임료
6. 집구석은 팔아 조지고 = 재판비용

요약하면 대충 이런 내용인데 가만히 살펴보면 심심해서 그저 웃자

고 한 말은 아니다. 현실적으로 깊이 있는 관찰이라고 생각된다.

일반 사회에도 많이 알려진 말이지만 '유전무죄 무전유죄' 라는 말도 우리 사회의 현실에서 가슴 아픈 경험으로 만들어진 말이 아닌가 싶다. 어느 형무소 어느 감방에 가도 쓰고 또 써서 벽마다 깊게 패인 글자이다. 교도소란 이름이 바뀐 뒤에도 그 낙서만은 여전하다.

우리는 방송에서나 신문에서도 '이건 아닌데' 하는 사건들을 많이 볼 수 있지 않은가. 그러다 보니 오늘날 사법 개혁이다, 헌정사 초유의 사건이다 하는 말이 생겨났지만 상식적으로나 도덕적으로 분명히 옳은 일을 가지고도 법에 호소하지 못하는 것은 이 때문이다.

약자이고 보면 분명히 이길 수 없다는 현실 말이다. 민사건 형사건 간에 재판에서 지고나면 보상과 보복이란 또 하나의 사건이 기다리고 있지 않은가.

열 가진 사람이 하나 가진 사람의 그것마저 빼앗으려고 갖은 방법을 다 동원하면 살아남을 약자는 없는 것이다. 너무 비판적이고 부정적이라 하겠지만 우리는 그런 것을 수없이 보고 겪으며 살아가고 있지 않은가.

일반 사회에도 많이 알려진 말이지만 '유전무죄 무전유죄'라는 말도
우리 사회의 현실에서 가슴 아픈 경험으로 만들어진 말이 아닌가 싶다.
어느 형무소 어느 감방에 가도 쓰고 또 써서 벽마다 깊게 패인 글자이다.
교도소란 이름이 바뀐 뒤에도 그 낙서만은 여전하다.

대기업들의 존재, 남다른 노력의 결과를 인정한다. 남들 놀고 잠잘 때 그들은 땀 흘려 일했다. 남들 여덟 시간 일할 때 그들은 16시간 일했다. 그러나 그 이면에는 희생자도 없지 않다. 어찌 세상이 다 공평할 수 있겠느냐고 할 수도 있지만 적어도 억울한 자는 없어야 한다고 본다. 양심과 도덕에서는 말고 법의 보장 아래서 말이다.

양심과 도덕 아래에서 이 땅의 질서를 찾는다면 영원히 찾을 수 없을 것이다.

요즘 기업들의 갑질이 심심치 않게 보도되고 있지만 가정집에서는 상식과 상상을 초월한다. 수도세, 전기세는 열 배도 넘게 받아먹고 심지어는 자신들의 방을 통과시키고 셋방에다 난방장치를 한 집주인도 있다. 항의하면 방을 빼란다.

13
모의재판

나는 검사의 '사형' 구형에서 판사의 '무기징역'으로 선고되었다. 드물게 모의재판에서 어긋난 사례다.

성년들의 감방에서는 찾아볼 수 없지만 소년수들의 감방에선 신입이 들어오면 반드시 모의재판이란 게 이행된다. 무료한 시간을 때우는 데도 의미가 있지만 사건에 대한 인간적인 감정이나 성의도 없이 그저 형식적으로 하는 재판을 풍자하고 사건의 결과만을 보지 말고 이면의 동기를 보아야 한다는 주문도 있다.

헌데 신기한 것은 그 모의재판과 실제 재판의 결과가 거의 같다는 사실이다. 재판을 자주 보다 보면 대충 감도 오지만 전문 지식도 얻어지는 것이다. 때로는 자신의 처지를 반영함인지 변론 중에 눈물바다가 되는 경우도 있다. 허나 나의 경우 모의재판 결과와는 너무도 달랐다.

입장에 따라 차라리 죽는 게 났다는 생각도 할 수 있으나 그래도 사는 게(무기징역) 감사하다는 생각을 갖는 사람도 있을 것이다. 무기징역이란 한도 끝도 없는 세월을 옥중에서 사느니 차라리 모든 고통을 잊을 수 있는 사형을 당하는 것이 좋겠다는 생각도 들었지만 어머니

신기한 것은 그 모의재판과 실제 재판의 결과가 거의 같다는 사실이다.
재판을 자주 보다 보면 대충 감도 오지만 전문 지식도 얻어지는 것이다.
때로는 자신의 처지를 반영함인지 변론 중에 눈물바다가 되는 경우도 있다.
허나 나의 경우 모의재판 결과와는 너무도 달랐다.

를 생각하면 무기징역도 다행이란 생각이 들었다. 어머니에겐 내가 희망이기 때문이다. 만일 사형이란 언도를 받았다면 나나 어머니의 심정은 어땠을까. 어떤 기적이 일어나기를 바라는 한 편 피가 말랐을 것이다.

우발적 살인은 자신도 모르게 그냥 지나가거나 저항할 수 있는 기회라도 있지만 법에 의한 살인(사형)은 본인뿐만 아니라 그 가족들까지도 피를 말리는 고문이다. 징역살이에서 면회란 원수가 와도 반가운 것인데 사형수에겐 제일 불안하고 긴장되는 순간이다. 집행하러 갈 때 끌려가지 않으려는 난동을 피하기 위해서 면회를 가장해서 불러내기 때문이다.

기왕에 집행 이야기가 나왔으니 하나만 더 짚고 넘어가려 하는데, 그것은 감방에 낮에 전기가 들어오는 것이다. 대충 짐작하기로는 집행장에 불을 켜다 보니 함께 불이 들어 왔다고들 하는데 엄연히 건물마다 전기 스위치가 따로 있으니 그건 아니고 집행이 있는 날 비상이 걸렸다는 말이 설득력이 있다고 본다.

14
시베리아의 독거미

1960년 12월 마지막 날 나는 '무기징역'이 대법원 확정 판결됨으로써 기결로 넘어가게 되었다. 지금은 역사박물관인가 독립운동 기념관인가 하는 이름으로 바뀌었지만 당시에는 서대문형무소였다.

춘천에는 고등법원과 대법원이 없기 때문에 삼심을 위해서 이감이 되었던 것이다.

기결로 확정이 되던 날 나는 삭발을 하게 되었다. 비로소 죄수라는 실감이 났다. 손등에 푸석푸석 떨어지는 머리칼을 보면서 아득히 먼 나라로 가는 느낌이 들었다.

덤벙덤벙 손등에 눈물이 떨어졌다. 소년수는 원래 인천 소년형무소로 가게 되어 있었는데 마침 조용호라는 무기수가 탈옥을 하는 바람에, 또 어차피 성년이 되면 다시 돌아와야 하기 때문에 그냥 눌러 있게 되었던 것이다.

지금 와서 생각하는 것이지만 나는 그때 인천 소년형무소로 가지 못한 것을 매우 아쉬워한다. 내 인생 반전의 기회가 있었을는지도 모르기 때문이다.

일반 형무소는 그런 게 없었지만 소년형무소는 교육을 우선으로 했나는 그때 인천 소년형무소로 가지 못한 것을 매우 아쉬워한다.
내 인생 반전의 기회가 있었을는지도 모르기 때문이다.
일반 형무소는 그런 게 없었지만 소년형무소는 교육을 우선으로 했기 때문에
공부도 할 수 있었고, 무엇보다 체육시설이 잘 되어 있어서
나는 무엇인가 한 가지는 했을 거라고 믿는다.

기 때문에 공부도 할 수 있었고, 무엇보다 체육시설이 잘 되어 있어서 나는 무엇인가 한 가지는 했을 거라고 믿는다.

나는 내 기질과 근성을 잘 안다. 무엇보다도 나의 체력은 상상을 초월했다. 게다가 운동신경이 동물적이었다.

자화자찬에 불과하지만 야구를 축소한 권구라는 운동을 10년 동안 8할대를 때렸고 수비에 들어서면 상대 선수들이 공 뺄 자리가 없다고 했다.

이 모든 일들은 5.16군사 쿠데타 후 형무소에도 새바람이 불어서 있을 수 있는 일이었고, 그전의 형무소는 인간사육장이었다.

운동 이야기부터 하자면 하루 30분씩 하는 운동을 화단가에 열을 맞춰 앉아서 햇볕만 쪼이는 것이었다.

시간도 5분이 채 되지 않았다. 일어서지도 못했다. 일어서면 도주로 간주해서 독방에 가두었다.

그 시절에는 일반사회도 그랬지만 형무소에서 가장 견디기 어려운 것은 배고픈 것이었다. 개구리와 쥐는 보약 중에 보약이었고 땅강아지도 잡아먹었다.

휴전 이후부터 산 고참들의 이야기를 들어보면 전에는 고무신짝에 국을 받아먹고 이불솜을 밥에다 섞어 먹기도 했다고 한다.

마포형무소에서만도 영양실조로 한 해에 2백여 명이 죽어 나갔는데 죽은 사람의 밥을 타먹기 위해서 인원 점검 시간에는 시신을 억지로 앉혀 놓기도 했다고 했다.

1963년 인천 바다가 얼었다고 하던 어느 날 관으로부터 각 방에 이불 한 채씩 지급되었다. 원래는 3명이 한 채씩 덮는 이불인데 양쪽 사람은 반씩 밖에 걸칠 수 없는 크기였다.

형편이나 지급 순서로 보아 나의 차례가 되는데 엉뚱하게 욕심을 내는 사람이 있었다.

다른 사람 모두가 나를 주라고 하는데도 듣지 않았다. 평소에도 이기적이고 독선적이어서 여러 사람을 불편하게 했던 인물인데 결국 폭력 사태가 일어났다.

나보다 체격도 좋고 나이도 위였는데 운이 나빴던지 나보다 상처가 컸다. 형무소란 원래 잘잘못을 따지기 전에 피해가 적은 쪽을 가해자로 보는데 나는 수갑을 차고 독방으로 보내졌다.

평소에도 이기적이고 독선적이어서 여러 사람을
불편하게 했던 인물인데 결국 폭력 사태가 일어났다.
나보다 체격도 좋고 나이도 위였는데 운이 나빴던지 나보다 상처가 컸다.
형무소란 원래 잘잘못을 따지기 전에 피해가 적은 쪽을
가해자로 보는데 나는 수갑을 차고 독방으로 보내졌다.

일명 한국 속의 시베리아라고 하는 곳인데 설계상 햇볕을 볼 수 없도록 되어 있는 데다 모두가 방 하나에 1명만 수용할 수 있는 독방이었다. 일종의 고문이었다. 외로움의 고문.

일제강점기 때 그곳엔 독립운동가들만 수용했고, 6.25 한국전쟁 후에는 미전향자, 즉 공산주의를 포기하지 않은 자들만 수용했다. 그래서 시베리아란 별명이 붙은 곳인데 징계 사유가 될 만한 사건을 취조할 때도 잠시 이용되기도 했다.

나는 그날 밤, 아직 옷을 벗지 않은 상태에서 갔으니 망정이지 취침을 위해서 미리 옷을 벗었더라면 분명 동사하고 말았을 것이다. 누구도 날씨와 복장에 관심을 가진 사람이 없었을 것이며, 죽었다 한들 문책할 사람도 책임질 사람도 없었다.

그만큼 재소자의 인권은 없었다. 요즘 같으면 의문사에 대해서 검찰이나 언론에 진정이라도 할 분위기와 수준이지만 그 때는 유족 개인의 수준도 사회적 관심도 없을 때였다.

다행히 옷은 입은 상태였으나 양말은 애초부터 없었고, 손은 뒤로 수갑이 채워졌으니 움직이지도 못한 채 밤을 새워야 했다.

하룻밤 사이에 열 손가락과 열 발가락 모두 동상이 걸리고 말았다. 그러나 이보다 더 견디기 어려운 고통이 있었다.

그것은 터질 것만 같은 방광의 팽창이었다. 겪어본 사람은 알겠지만 날씨가 추우면 더욱 빨리 방광이 차지 않는가.

그 추운 날씨에 땀이 날 정도로 참은 나는 날이 새면서 복도에서 일하는 청소부를 불렀다. 그는 바로 문 앞에 있었으면서도 대답조차 하지 않았다. 하는 수 없이 나는 옷을 적실 수밖에 없었다. 그리고는 오후가 돼서야 풀려났다.

자칫하면 징벌감이었는데 한방 동료들이 증언을 잘해 주었고 무기징역이란 내 형기가 동정을 받았다. 신분장에 징벌의 딱지가 붙으면 재소 중에 모든 일이 불리하게 작용하기 때문이다. 그러나 일은 엉뚱한 곳에서 터졌다.

내가 출역장(작업장)으로 돌아온 다음날이었다. 시베리아 징벌동에서 일하는 그 청소부가 그곳의 간수와 함께 내가 일하는 곳에 견학 아닌 구경을 왔다.

"어제 신세가 많았소!"

그는 경찰관 출신으로 무기형(고문치사)을 선고받았고
전직 신분으로 인하여 관의 두터운 신임을 받고 있었다.
그래서 과실범이나 1년 이하의 형을 받는 사람만 할 수 있는
청소부란 특혜를 받았던 것이다.
그리고 사상범 동태 사찰이란 특수 임무까지 받고 있었다.

나는 미리 생각이나 했던 것처럼 그의 앞에 가서 비웃듯 인사를 했다. 그는 아무 말 없이 나를 피했다. 그리고는 잠시 뒤였는데 함께 온 간수가 내 앞에 나타나자마자 주먹을 날렸다.

나는 영문도 모르고 맞아야만 했다. 무슨 일이 있을 때 나의 담당 간수에게 상의하는 게 순서인데 그런 것도 없었다. 결국 내 입안은 걸레 조각이 되었다.

피를 흘리는 것을 보고서야 주먹세례를 멈췄는데 그때서야 나의 작업장 간수가 까닭을 물었다. 그의 대답은 내가 청소부를 폭행하려 했다는 것이었다.

그 일로 인하여 그 청소부의 존재를 알게 되었는데 그는 경찰관 출신으로 무기형(고문치사)을 선고받았고 전직 신분으로 인하여 관의 두터운 신임을 받고 있었다.

그래서 과실범이나 1년 이하의 형을 받는 사람만 할 수 있는 청소부란 특혜를 받았던 것이다. 그리고 사상범 동태 사찰이란 특수 임무까지 받고 있었다.

이해관계가 있는 단체 생활에서 가장 싫어하는 밀고쟁이로 동료들

간에는 낙인이 찍혀 있었다. 그리고 독거미란 별명까지 얻고 있었던 것이다. 한 번 물리면 죽는다는 뜻인데 그에게 한 번 밉보이면 정말 살아남기 어려웠다.

형무소란 좁으면서도 넓은 곳이다. 한 울타리 안에서 살면서도 활동의 자유가 없음으로 바로 옆의 작업장에서도 만나기가 어려운 곳이다.

그런데 13년 후 나는 그를 다시 만나게 되는데 정말 이해관계의 갈등이 있을 수 있는 큰 조직의 상하관계였다. 그가 물면 정말 죽을 수 밖에 없는, 그런 나의 처지였다. 늘 불안하고 어떤 형태로 나에게 그의 감정이 노출되는지 긴장하지 않을 수 없었다.

15

형무소의 5.16

어디서 많이 들어본 총성이었다. 그렇다. 그것은 분명 격전 중에 들어본 총성이었다. 사격 연습이라면 일정한 간격이 있다. 장소도 시간도 맞지 않는다. 마포라고 하면 건물들이 밀집한 곳이라 확실한 시간을 알 수 없지만 자다가 깨어났으니까 밤중이거나 새벽일 것이다.

'그렇다면……?'

나는 육감적으로 무슨 일이 일어났다고 생각했다. 그것은 전쟁 바로 그것이었다.

잠시 후였다. 복도에서 분주한 발자국소리가 났다. 나는 식구통 문을 살며시 밀고 밖을 내다보았다. 순간 나의 가슴은 철렁하고 내려앉았다. 복도에는 간수들이 새까맣게 깔려 있는 것이었다. 일찍이 보지도, 상상도 못했던 일이었다.

'그렇다면…….'

나는 6.25때의 춘천형무소에서 있었던 이야기를 떠올렸다. 6.25 당시 형무관으로 있던 사람의 이야기였는데 5년 미만 형을 받은 사람들은 석방시키고 그 이상은 호송하다 어느 산골짜기에서 모조리 사살했다는 것이었다. 확인할 길이 없는 나는 그 말을 믿고 있었다.

얼마의 시간이 흘렀는지 모른다. 복도 첫머리에서 감방문 여는 소리가 들려왔다.

하나, 둘, 소리는 점점 가까이 왔다.

'철커덕!'

드디어 나의 감방문이 열렸다. 나는 얼른 자리로 돌아와 자는 체했다. 그리고 다시 벌떡 일어났다. 아무도 깨우지 않았는데 모두가 동시에 일어났다.

"2004번 정○○!" (이름은 기억 안 남)

간수부장은 배방철을 들고 호명했다.

"네!"

정씨의 음성은 떨리고 있었다. 그는 지난 2월 나와 함께 형이 확정되면서 마포로 이감 온 사상범이다. 그때 무기수가 7명이었는데 2000번부터 2006번까지 번호가 주어졌다. 수용 인원이 2천 명이 넘었다는 게 아니라 형무소 측에서 구분하기 좋은 암호 번호였다.

그는 간첩으로 남파되어 즉시 자수를 했고, 즉시 전향을 해서 10년 형밖에 받지 않았는데 가형이 무기징역이었다. 접선하기로 되어있는 정씨는 부들부들 떨고 있었다. 아니 정씨보다 내가 더 떨었다.
다음에는 2005번 내 차례였기 때문이다. "문 닫아!"
배방철을 다시 한 번 꼼꼼히 실피던 부장은 문을 닫으라고 지시했다.
누구도 입을 여는 사람은 없었지만
서로들 얼굴을 바라보며 '살았구나' 하는 표정이었다.

간첩에게 미리 암호를 보내어 체포를 막았던 것이다. 암호는 간단했다. 남파되어 연고가 있던 집에 편지를 보낸 것뿐이었다. 내용에서야 아무런 의심을 받지 않을 안부였으나 편지 그 자체가 암호였던 것이다.

"소지품 가지고 나와!"

정씨는 부들부들 떨고 있었다. 아니 정씨보다 내가 더 떨었다. 다음에는 2005번 내 차례였기 때문이다.

"문 닫아!"

배방철을 다시 한 번 꼼꼼히 실피던 부장은 문을 닫으라고 지시했다. 누구도 입을 여는 사람은 없었지만 서로들 얼굴을 바라보며 '살았구나' 하는 표정이었다.

날이 새기 시작했다. 자연히 우리의 시선은 밖으로 향했다. 담 밖 언덕에 무엇인가 움직이는 것이 있었다. 위장한 군인들이었다. 나뿐만 아니라 모두가 긴장했다. 비상사태시 제일 먼저 안보의 대상은 형무소이기 때문이다. 혼란을 틈타서 탈옥할 것도 염려되지만 적에게 동조한다면 더 큰 혼란이 오기 때문이다.

6.25때처럼 더 이상 밀리지 않기만을 바랄 뿐 아무것도 할 수 있는 일은 없었다. 이런 긴장 속에서 복도에서 그릇 부딪히는 소리가 났다. 밥이었다. 사태가 긴박하지 않다는 증거였다.

"여러분! 여러분!"

복도 어디에 설치되어 있는지 본 일이 없는데 스피커가 울렸다. 모두들 긴장하면서 귀를 기울였다.

"알려 드립니다! 알려 드립니다!"

약간 떨리는 듯한 소장의 목소리였다.

"어젯밤에 일어난 군사혁명은 완전히 성공했습니다! 재소자 여러분은 동요하지 마시고 본연의 자리로 돌아가기를 바랍니다!"

"와! 와!"

사동 전체가 떠나갈 듯 여기저기에서 함성이 터져 나왔다. 만세소리도 들려왔다. 아마도 평상시에 이런 일이 있었으면 폭동으로 알고 비상이 걸렸을 것이다.

16

역사 속으로 사라진 마포형무소

나는 혁명과 쿠데타가 어떻게 다른지 모른다.

정권이 바뀔 때마다 이랬다저랬다 의미와 해석이 달랐기 때문이다. 그러나 세상이 다 알다시피 오늘날 우리가 이만큼 살고 있는 것은 5.16 덕이라고 생각한다. 어떤 사람들은 누가 정치를 했던지 세상의 발전상 오늘날과 같은 사회 발전이 있었을 거라고 말하지만 나는 아니라고 생각한다.

그동안 나는 하나 모자라는 80 평생을 살아오면서 열 명의 대통령을 겪었다. 그중에서 누가 가장 우리를 잘 살게 했는가? 박정희 아닌가. 나머지는 모두 축재 아니면 까먹지 않았는가. 독재 어쩌구 하지만 우리 백성은 헐벗고 배고픈 민주주의보다 배부르게 하는 독재자를 더욱 애국자로 본다.

세상이 버린 범죄자들도 내 나라 내 백성이라고 보살핀 대통령이 누구인가? 재건대를 만들어서 살게 한 대통령이 박정희다. 뿐만 아니라 형무소를 교도소로 이름을 바꾸고 짐승처럼 사육되던 인간을 인간답게 하려고 한 사람도 바로 그였다. 형벌 위주에서 교육 위주로 재소자들에게 희망을 준 사람도 바로 그였던 것이다.

1963년 마포형무소는 역사 속으로 사라졌다. 그 대신 교도소란 말이 생겨나고 말 뿐만 아니라 안양시 호계동 몰압산 아래에 국내 최초로 현대식 건물의 교도소를 세웠다. 자고 나면 머리털 속에서, 그리고 바짓가랑이 속에서 쏟아지던 구더기놀음에서 해방을 시켜 주었다. 감방 한쪽 구석에 화장실을 만들고 바로 바로 씻어 내릴 수 있는 시설을 갖추었다. 열이 있든 스물이 있든 궁둥이를 노출해야 하는 수치심에서 해방이 된 것이다.

뿐만 아니라 3.1절, 제헌절, 광복절, 그리고 석가탄신일, 예수탄신일이면 다 같이 잘 살아 보자고 사면을 내렸다. 재소자들뿐만 아니라 일반인들도 법에 의해 불편한 일이 있으면 풀어주었다.

앞에서도 잠깐 이야기했지만 화단가에 꼼짝 못하고 앉아서 일광욕만 하던 운동도 자유스러워졌고, 심지어는 일 년에 한 번 가을이면 운동회도 열었다. 일 년에 한두 번 몸에 물칠만 하던 목욕도 한 달에 한 번 대중탕도 열었다. 물론 30분도 안 되는 시간에 탕에 몸을 담글 수 있는 수준은 아니었지만.

17
감형

아마도 1962년인가 싶은데 기억에 자신이 없다. 그러나 5.16 일주년 기념일이란 건 확실한데 그때 건국 이래 최대 규모의 사면이 있었다. 죄명과 형기 관계없이 형의 3분의 2만 살았으면 무조건 석방되고 2분의 1을 복역한 사람은 잔형의 반을 감해 주었다.

그때 1년도 복역하지 못한 나는 아무런 혜택도 받지 못했지만 같은 방 동료 7명 중에 다섯 명이 석방되는 충격적 경험을 했다.

한 명, 두 명, 네 명이 넘어갈 때는 혹시 나도 해당되지 않을까 하는 꿈같은 기대도 했지만 그런 행정의 착오는 없었고, 다섯 명이 빠져 나간 감방은 썰렁하다 못해 허탈했다. 그러나 나는 다음해, 그러니까 5.16 2주년 행사 때 20년으로 감형이 되었다.

무기징역에 비하면 그것도 큰 혜택이지만 20년이란 세월을 계산해 보니 마흔이 넘어야 출감할 수 있는 형기였다. 그러나 나에게는 생각지도 못했던 사건이 일어났다. 6개월 후에 안 사실이지만 어머니에게 사고가 일어난 것이다.

그 해(감형이 되던 해) 12월, 눈이 펑펑 쏟아지던 어느 날이었다. 어머님이 면회를 오셨는데 "아주머니 축하드립니다. 지난 5.16때 아드

님이 20년으로 감형이 되었어요" 하고 입회 간수가 어머니를 위로한다고 생각지도 못한 말을 했던 것이다. 순간 어머니는 차디찬 면회실 바닥에 털썩 주저앉으셨다. 기쁨과 감사의 충격이 아니라 절망의 충격이었다.

1심과 2심 재판에서 방청을 하신 어머니는 3심에서는 방청을 할 수가 없었다. 법정에 나가는 게 아니라 서류 재판이기 때문이다. 그래서 3심이 끝난 나는 어머니에게 실망을 드리지 않기 위해서 10년을 받았다고 거짓말을 했던 것이다.

그런데 20년이라고 하니 충격을 받을 수밖에. 그 후 6개월 동안 어머니는 면회를 오지 않으셨다.

'어떻게 되셨을까?'

접견실에서 곧바로 끌려나온 나는 어머니가 궁금했으나 알 길이 없었다. 접견 입회 간수가 누구인지도 모르지만 안다고 해도 그런 개인적인 일은 알려줄 간수도 없었다. 오해의 소지도 있고 그런 사적인 일로 접촉하는 건 금지되어 있었기 때문이다.

"안 됐어, 저 친구 아무래도 올 여름을 넘기지 못할 것 같애!"

"어디가 아픈 데 그러냐?"
반년 만에 오신 어머니는 내 어머니가 아니었다.
지팡이에 의지하신 어머니는 음성만 내 어머니였지
얼굴은 반쯤 깎여 버린 죽은 사람 그 모습이었다. 그런데도 내 걱정부터 하셨다.
"어머니!"
나는 아무 말도 하지 못했다.

작업장에 나가서나 감방에 들어와서나 탈진으로 몸을 가누지 못하는 상태에 이르자 동료들이 수군거렸다. 병명이 처음에는 위산과다였다가 얼마 후에는 위궤양이라고 했다.

그리고 마지막에는 무산증이라고 했는데 교도소에선 해줄 수 있는 게 아무것도 없었다. 고작 할 수 있는 건 모든 환자들에게 '집에서 미숫가루나 해다 먹어라' 하는 처방뿐이었다. 그만큼 모든 환자들은 영양실조에 걸려 있었다.

하지만 나의 경우는 그런 수준이 아니었다. 아침에 한 번 먹는 것 이상으로 설사를 하고도 낮에는 임신부 여인처럼 복부가 팽창해 있었다. 얼굴과 팔 다리는 그야말로 미라에 가까웠다.

"어디가 아픈 데 그러냐?"

반년 만에 오신 어머니는 내 어머니가 아니었다. 지팡이에 의지하신 어머니는 음성만 내 어머니였지 얼굴은 반쯤 깎여 버린 죽은 사람 그 모습이었다. 그런데도 내 걱정부터 하셨다.

"어머니!"

나는 아무 말도 하지 못했다. 반가운 마음도 사라지고 무슨 일이 있었는지 그것부터 알고 싶었다.

접견장에서 쓰러지시던 그날 간수의 부축을 받고 정문을 나선 어머니는 갈 곳을 찾지 못했다.

20년이란 간수의 말만 생각났다. 아득했다.

"어서 병원으로 가야지!"

어머니를 둘러싼 사람들 중에서 들려온 말이었다. 그러자 누군가 어머니를 덥석 안아 차에다 태웠다. 그 다음부터는 생각나지 않는데 정신을 차렸을 때는 어느 논바닥에 쓰러져 있었다는 사실뿐이다. 손에 잡히는 것이 벼 그루터기라는 것이었다. 어머니는 그때서야 누군가에 의해서 버려졌다는 사실을 깨달았다.

죽으면 안 되겠다는 생각이 들었다. 몸이 떨려오기 시작했다. 일어서려 하니 일어서지지를 않았다. 할 수 없이 기기 시작했다. 지나가는 불빛을 향해서였다. 벼 그루가 만져지지 않는 것으로 보아 큰길이라고 생각했는데 다시 정신이 들어보니 병원이 아니라 노부부가 사는 가정집이었다.

죽으면 안 되겠다는 생각이 들었다.
몸이 떨려오기 시작했다. 일어서려 하니 일어서지지를 않았다.
할 수 없이 기기 시작했다. 지나가는 불빛을 향해서였다.
벼 그루가 만져지지 않는 것으로 보아 큰길이라고 생각했는데
다시 정신이 들어보니 병원이 아니라 노부부가 사는 가정집이었다.

그 후의 이야기는 하지 않으셨고 나는 추리로써 교통사고를 당한 후 인적 없는 곳에 버려졌다는 생각을 했다. 과실치사로 들어온 운전자들의 말을 많이 들어왔기 때문이다.

지금처럼 보험제도가 일반화 되지 않은 당시 교통사고가 나면 집구석이 거덜 난다는 것이다. 그래서 상해로 살아 있는 것보다 죽는 것이 뒤처리가 깨끗하다는 것이다.

하는 수 없이 후진으로 2차 사고를 낼 수밖에 없다는 것이었다. 끔찍했다. 자신이 살기 위해서는 인간의 생명은 동물보다도 못했다.

어머니가 그런 가해를 당하지 않은 것만으로 감사해야 할지, 그 운전자를 만나면 그에 상응하는 분노가 폭발할지 단언하기 어려운 일이다.

"내가 돈이 많아서 유학 보낸 셈 칠 테니 공부나 많이 해 가지고 나오너라."

접견을 마치고 돌아가시는 어머니가 체념인지 희망인지 알 수 없는 말씀을 하셨다.

누구의 어머니도 어머니는 위대하다.〈실패한 자식〉

어떤 어머니도 어머니는 거룩하다.〈학식, 신분 불문〉

18

무기수들의 아버지

나는 신의 존재 여부를 떠나서 교회에 나가지 않는다. 이유는 사람들이 싫고 겁이 나서이다.

'교회는 하나님을 믿기 위해서 나가는 것이지 사람을 위해서 가는 곳이 아니다' 라고 사람들은 말하지만 나는 인간관계가 먼저라고 생각한다. 서로 만나면 반갑고 믿는 마음이어야 하나님에게도 은혜를 받는다고 믿는다.

내 인생을 이렇게 망가뜨린 사람도 교회의 집사이지만 나 어린 시절 고아원 원장님들도 목사였다.

원장 아버지 개밥그릇엔 하얀 쌀밥이 떨어지는 날이 없었지만 아이들은 배가 고파서 도망을 하거나 도둑질을 했다. 도망을 했다가 잡혀오면 다른 아이들을 모아놓고 그들 앞에서 무자비하게 매질을 했다. 다른 아이들이 도망하지 못하게 미리 겁을 주는 것이었다. 사실 호되게 매를 맞은 아이들은 시름시름 앓다가 죽기도 했다.

1975~1980년에 있었던 형제복지원 사건이 우리 사회 고아원의 전형이라고 보면 된다. 사망신고된 것만 513명이었으니 숨겨진 사건은 얼마나 많겠는가.〈2018년 9월 12일 저녁 6시 KBS뉴스〉

또 다른 원장 아버지는 배급을 많이 타기 위해서 가짜 서류를 만들기도 했다.
인근 미군부대에서 구호물자가 오면 하나도 입히지 않고,
아예 풀어보지도 않은 채 어디론가 사라졌다.
너무 비판적이고 부정적이라고 말할지도 모르겠지만
나이 먹어서도 나는 그런 일을 두 번씩이나 목격했다.

또 다른 원장 아버지는 배급을 많이 타기 위해서 가짜 서류를 만들기도 했다.

인근 미군부대에서 구호물자가 오면 하나도 입히지 않고, 아예 풀어보지도 않은 채 어디론가 사라졌다. 너무 비판적이고 부정적이라고 말할지도 모르겠지만 나이 먹어서도 나는 그런 일을 두 번씩이나 목격했다.

한 번은 어머니가 다니시는 교회에서 있었던 일이다. 지금도 목사들이 교회를 팔고 사는 일이 있지만 그때도 그랬다. 급한 사정으로 대금을 받지 못하고 교회부터 내주었는데 얼마 후 대금을 받으려 하니 현재의 목사가 주지 않았다.

'당신의 교회도 내 교회도 아닌 신도들의 교회니 줄 수가 없다' 는 것이었다. 그리고 그는 또 다른 목사에게 넘겨 버렸다. 물론 그때는 돈을 받았다.

또 한 번은 아내가 다니는 교회의 목사였다. 교회의 개척에 아내의 역할이 적지 않았다. 아내는 놀고 있는 땅에다 교회를 짓겠다고 했다. 그때 그 교회는 임대였다.

동의할 수밖에 없었다. 신앙이란 원래 그런 것 아닌가. 말려서 될 일이 아니라는 것. 게다가 아내의 고집은 황소를 이기고도 남았다. 헌데 내가 알거지가 되지 않으려는 팔자였는지 목사와 아내 사이에 갈등이 있었다.

교회 출석 때문이었다.

그때 아내는 다리 골절로 2년 동안 병원에 있었다.

도저히 출석이 어려운데도 목사는 출석을 강요했다. 언성까지 높였다. 보다 못한 내가 개입해서 문제를 마무리지었다. 교회를 아주 떠나는 쪽이었다. 아내는 이의를 제기하지 않았다.

사람들은 '신앙은 다 같은 신앙이 아니요 목사라고 다 선한 목자는 아니다' 라고 말한다.

훌륭한 목사, 헌신적인 하나님의 종도 얼마든지 있다는 말을 나는 인정하는 바이다. 인격적으로 신앙적으로 딱 한 사람 나에게 잊을 수 없는 사람이 있다.

인간은 상대적이라고 하듯, 자기에게 잘 하는 사람에게 잘 하게 되어 있고, 잘못 하는 사람에게 악할 수밖에 없는 본성을 가지고 있다.

그때 아내는 다리 골절로 2년 동안 병원에 있었다.
도저히 출석이 어려운데도 목사는 출석을 강요했다.
언성까지 높였다. 보다 못한 내가 개입해서 문제를 마무리지었다.
교회를 아주 떠나는 쪽이었다.
아내는 이의를 제기하지 않았다.

결국 그런 차원에서 해석할 수밖에 없지만 그는 나에게만이 아니라 모든 재소자, 특히 장기형을 받은 사람들에게 하나님의 사랑을 실천했다.

그래서 그의 약제관(약사)이란 신분의 호칭 말고 무기수의 아버지라는 또 하나의 이름을 가지고 있었다. 말씨로 보아 북쪽이 고향이라는 것, 이름은 장익진이다.

그의 성품은 신앙에서 왔는지 기질에서 왔는지 모르지만 강직하기로도 유명했다.

원래 의료품은 교도관들의 몫과 재소자들의 몫이 따로 있다. 하지만 재소자들에게 돌아가는 것이 없었다. 지금도 공직사회의 비리가 사회적인 문제가 되고 있지만 6,70년대의 비리는 소문조차 나지 않았다. 여기에서 의무관(의사)과 약제관의 갈등이 있었다. 특히 장기수들을 위해서 많은 관심을 가지고 있었다.

죽을병이 아니면 아예 의무과를 찾지 않는 재소자들을 위해서 주기적으로 현장을 돌며 눈에 뜨일 정도로 건강이 나쁜 사람들에겐 그를 위해서 처방을 요구하곤 했던 것이다.

우연인지 하나님의 뜻인지는 모르지만 그런 그에게 어머니가 눈에 띄었다는 것은 하나님의 축복이 아닐 수 없다.

6개월 만에 면회를 오신 어머니는 나의 몰골을 보시고 우리가 살던 화학산 광산골로 들어가셨다. 화학산은 전국의 약초꾼들이 몰려드는 영산이었다. 피해자의 가족을 만난다면 어떤 방법으로든 보복을 받을 게 뻔한 일인데 자식을 위해 목숨을 건 모험이었다.

약초를 캐기 위해서였다. 누구의 조언이었는지는 모르지만 백가지 야생초 뿌리를 삶아서 엿을 다려 먹으면 만병통치약이라고 들으셨던 것이다.

허나 그 정성이 담긴 약을 교도소에선 받아주지 않았다. 약의 성분도 알 수 없을 뿐더러 양약도 받아주지 않을 때였다. 역시 성분을 알 수 없을 뿐더러 간첩들이 공범을 독살하는 예가 있었기 때문이다.

한 가닥 기대를 하셨던 어머니는 실망하신 나머지 그만 교도소 담 밑에 앉아서 망연자실한 채 울고 계셨다.

이 모습을 장익진 약제관이 보았고 연유를 물은즉 사연이 딱하기도

장익진 약제관이 보았고 연유를 물은즉 사연이 딱하기도 했지만
남루한 그 여인이 가엾기도 했으리라.
약을 받아든 약제관은 소관 부서장인 보안과장을 만났다.
그리고는 "세상에 자식을 독살할 어머니는 없다.
그리고 만일 그 아들이 죽는다면 그 책임을 내가 지겠다"고 했다.

했지만 남루한 그 여인이 가엾기도 했으리라. 약을 받아든 약제관은 소관 부서장인 보안과장을 만났다. 그리고는 "세상에 자식을 독살할 어머니는 없다. 그리고 만일 그 아들이 죽는다면 그 책임을 내가 지겠다"고 했다.

어머니에 대한 외할아버지의 배신이나 아버지의 배신도 내가 드린 상처에 비할 수가 있을까.

굳게 잠기는 철문을 움켜쥐고 함께 들어가 살자고 오열하는 그 심정을 어떻게 이해할 수 있겠는가.

사형이라는 구형을 받고 무기징역을 받았을 때 그 아픔을 어찌 말로 표현할 수 있겠는가. 그 아픔에 상응하는 말은 아직 이 땅에 없다고 믿는다.

나는 아직도 죽음만이 대신할 수 있다고 믿는다.

19

탄원

죽어 이별하는 건
슬픈 일이 아니다
살아 이별하는 것도
슬픈 일이 아니다
눈보라 이토록 몰아치는데
주먹만한 보따리를 가슴에 안고
"어디로 갈까"

병든 몸으로 갈 곳이 없어서
교도소의 자식을 찾아오신 어머님
이건 정말 비극이 아니다
"찾아오지 마세요"
돌아서면 그 순간에 그리운 어머님을
하루 대기 1분 면회 가슴 아파서
2백원의 월급이
눈물의 값이 되겠기에

병든 몸으로 갈 곳이 없어서/ 교도소의 자식을 찾아오신 어머님/
이건 정말 비극이 아니다/ "찾아오지 마세요"/
돌아서면 그 순간에 그리운 어머님을/ 하루 대기 1분 면회 가슴 아파서/
2백원의 월급이 / 눈물의 값이 되겠기에/
"이렇게 잘 있는데 찾아오지 마세요."

"이렇게 잘 있는데 찾아오지 마세요."

말로는 웃으며 돌아섰지만
갈 곳 없는 어머님을 왜 내가?
주인댁의 앙칼진 꾸지람도 그리운
어머님을
왜 내가…….

"어디로 가시지요?"
"이 세상 넓은 천지 갈 곳이야 없겠니"
주인을 정하는 대로 편지해 주세요

간절한 그리움도 안타까운 사연도
대필하실 어머님
무기수의 엄마라는 사실 때문에
또 다시 쫓겨날지 모를 일인데

그래도 애가 타서
"편지해 주세요"

아! 이렇게 살아야 하는 인생인가
창 아래 언 밥덩이를 눈물 고인 목구멍에
꾸역꾸역 밀어 넣으며

주인을 다오!
병든 내 어머니에게 주인을 다오!

작품성이 있는지 없는지 나는 모른다. 그러나 이 글은 시작품으로서 내가 세상에 태어나 최초로 쓴 글이며, 또한 운 좋게 최초로 세상에 알려지기도 한 글이다.

내용을 이해한다면 글을 쓰게 된 동기를 굳이 설명할 필요는 없고, 어머니 면회를 하고 돌아온 나는 시에서 보는 대로 언 밥덩이를 먹다 말고 인쇄 중에 생긴 파지 뒷면에다 이 글을 쓰고 있었다. 그것을 지이 신문을 일주일에 한 번씩 들어오는 차남진이란 교화 목사가 보게 되었다.
나의 처지보다는 어머니의 처지를 동정한 목사는
건국대학교 임옥인 교수에게 작품을 전했다.
신문으로가 아니라 전화를 걸어 낭송을 했다.
작가인 임옥인 선생님도 금방 감동이 되었던지 곧바로 면회를 오셨다.

나가던 「새빛」이라는 교도소 내 신문 편집자가 보고 신문에 싣자고 했다. 거절할 이유가 없었다. 오히려 좋은 기회라고 생각했다.

그리고 이 신문을 일주일에 한 번씩 들어오는 차남진이란 교화 목사가 보게 되었다. 나의 처지보다는 어머니의 처지를 동정한 목사는 건국대학교 임옥인 교수에게 작품을 전했다. 신문으로가 아니라 전화를 걸어 낭송을 했다. 작가인 임옥인 선생님도 금방 감동이 되었던지 곧바로 면회를 오셨다.

앞에서도 5.16 이후 교도소의 변해 가는 모습을 잠깐 소개한 바 있지만 교정정책이 엄청나게 변해가고 있었다. 그 예가 사회적 명사들과 개인적인 결연을 통한 교화였다. 대개는 종교 단체 또는 개인적인 관심과 애정으로 잃었던 희망과 꿈을 갖게 했다.

그중에 서울여대 학생회장인 김영이란 학생과 워커힐 앞 광나루에서 있었던 연인 살인사건 관련 무기수 김영환이란 재소자와의 결연이 있었다.

아버지는 항일 작가로 알려진 김소운이었고, 어머니는 서울여대 학장 고항경의 친구였으며, 오빠는 한여름에 오바를 입고 촛불을 들고 다녀서 『주간 한국』 '세라비 인생' 에 나왔던 서울대 철학과 학생이었다. 그리고 김영 그녀는 6.3데모 때 교내 시위 주모자였다.

그로 인해 교도소 출입이 금지되었고 풍문에 들려오는 말로는 김영 자신은 일본 목사와 결혼을 했고, 오빠는 소위 '야쿠자' 라고 말하는 일본 폭력조직에서 이름을 날렸다. 개인적인 생각이지만 아마도 김영이란 학생은 국가에 대한 절망과 자신의 한계에 대한 자학이 아니었나 싶다.

이런 때에 나는 임옥인 선생님과 인연을 맺게 되었는데 다른 사람들의 결연과는 조금 성격이 달랐다. 다른 사람들의 경우 재소자는 교도소 측에서 정한 것이고, 나의 경우는 명사 측에서 선택한 동시에 나보다는 어머니를 위로하기 위해서였다.

물론 나에게도 위로가 컸다. 선생님뿐만 아니라 이름도 얼굴도 모르는 대학생들에게서 편지가 왔다. 선생님 강의 중에 내 시와 편지가 소개되면서였다. 임옥인 선생님은 내 글을 놓고 "문학이란 바로 이런 것" 이라고 하셨다고 한다. 이에 따라 나는 폭포수 같은 편지를 썼다. 원래는 한 달에 한 번, 그것도 봉합 엽서이거나 카드 엽서에 한한 것

임옥인 선생님은 내 글을 놓고 "문학이란 바로 이런 것"이라고 하셨다고 한다.
이에 따라 나는 폭포수 같은 편지를 썼다.
원래는 한 달에 한 번, 그것도 봉함 엽서이거나 카드 엽서에 한한 것이었으나
교화상이라는 예외 규정으로 특혜를 받고 있었다.
게다가 당시 교도소장은 건국대학교 2부대학에 나가고 있었다.

이었으나 교화상이라는 예외 규정으로 특혜를 받고 있었다. 게다가 당시 교도소장은 건국대학교 2부대학에 나가고 있었다.

후에 내 편지는 '빛은 창살에도' 란 제목으로 출판까지 되었다. 단체로 면회 왔던 신학생 가운데는 후에 목사가 되어 설교 중에 내 이야기도 했다는 말을 들었다. 신학생들이 단체로 면회를 온 이유는 〈'탄원' 을 쓴 그 주인공이 가슴이 더 아프냐? 아니면 그 어머니가 더 가슴이 아프냐?〉는 토론을 놓고 결론을 얻지 못하자 직접 본인의 말을 들어보자는 데 의견을 모은 결과였다.

그때 나는 물론 어머니의 가슴이 더욱 아프다고 답했다.

그런데….

20

도끼 난동

나는 앞에서 5.16 후 형벌 위주의 행형에서 교화 위주의 행형이 도입됐다는 말을 했다. 몇 가지 예도 들었었는데 그중에 한 가지 빠진 것이 있다. 그것은 기술교육을 해서 출소시킨다는 것이었다. 출감 후 되도록 빨리 안정적인 생활을 하도록, 그것이 곧 사회도 안정이 된다는 취지였다.

세상 흐름에 맞는 기술도 중요하지만 우선은 기존 시설을 이용한 기술이었다. 그러다 보니 각 교도소 특성에 맞는 교육장이 생겼고 나는 인쇄기술 교육을 받기 위해서 안양교도소에서 서대문교도소로 이감이 되었다.

그런데 얼마 안 가서 서대문교도소는 서울구치소로 기능이 바뀌었다. 재판을 받아야 하는 미결수만 남고 재판이 끝난 기결수는 모두 다른 교도소로 이감을 가야만 했다. 허나 취사, 청소(미결수 배식원), 간병, 원예, 외역(소내에서 발생한 모든 쓰레기 처리), 경비(일정기간 교육 후 인원 배치) 등 단기형을 받은 사람들은 남게 되었다.

헌데 어쩌자고 20년 형을 받은 나도 원예라는 곳에 남게 되었다. 행정 착오인 줄 알았더니 임옥인 선생님의 부탁이 있었던 것이다. 먼 곳

행정 착오인 줄 알았더니 임옥인 선생님의 부탁이 있었던 것이다.
먼 곳으로 이감이 되면 시간상 만나기 힘들기 때문이었다.
엄격히 따지고 보면 요즘 취업 청탁과 같은 비리에 해당되지만
금품이나 권력이 작용한 것이 아니라
순수한 교화의 목적이었으니 문제될 게 없었다.

으로 이감이 되면 시간상 만나기 힘들기 때문이었다. 엄격히 따지고 보면 요즘 취업 청탁과 같은 비리에 해당되지만 금품이나 권력이 작용한 것이 아니라 순수한 교화의 목적이었으니 문제될 게 없었다.

허나 원예라는 작업장이 문제였다. 그곳은 소내 어디든 자유스럽게 다닐 수 있는 특권 아닌 특수한 작업장이었다. 꽃을 심어야 할 곳이라면 어디든 제한이 없었다. 여사女舍에도 가고 사형장에도 갈 수 있었다. 사형장 이야기가 나오고 보니 한 가지 생각나는 것이 있다. 그것은 비록 구형이긴 하지만 사형을 받았던 내가 사형장 화단에 꽃을 심었다는 사실이다. 그리고 병사에 있을 때지만 이수근의 관 개봉을 내가 했다는 사실이다. 물론 감독관의 지시였다.

한 가지 재미있는 것은 어쩌다 여자 교도관이나 여자 죄수가 지나가면 남자 죄수들이 창틀에 매달려 서로 보려고 실랑이를 벌이듯 여자들도 사정은 똑같다는 사실이다. 아니 대담한 여자들은 브래지어 없는 내복 차림으로 손을 흔들기도 했다.

그런 맛에 남자들은 작업을 만들어서 들어갔고 어떻게 그런 소문이 퍼졌는지 그 어느 작업장보다도 원예가 인기가 높았던 것이다. 일반

사회로 말하면 취업이라는 것이 되는데 그 취업을 위해선 어쩔 수 없이 돈이 필요했다.

1990년 11월 30일자 한국일보에도 보도된 바 있지만 수형자와 교도관 사이에 현금 거래는 이처럼 오래 되었다. 현금 백만 원이 있으면 무엇을 하겠느냐는 질문에 징역을 살겠다는 대답은 단순한 풍자가 아니라 우리 사회의 실상이다.

일반 사회에선 백만 원으로 할 수 있는 게 아무것도 없지만 교도소에선 안 되는 게 없다. 그 여파가 가장 뚜렷한 곳이 원예였다. 어제 10만원 쓰고 그곳에 출역이 되었다면 오늘 20만원 쓴 사람에게 밀려날 수밖에 없는 곳이다.

그러다 보니 매일같이 작업 인원이 바뀌고 그나마 정원 6명 중에 고령자가 4명인 데다 그들마저 작업에 손을 대려 하지 않았다. 편할려고 돈을 썼지 일하려고 돈 쓴 게 아니라는 배짱이었다.

6명이 처리해야 할 작업량을 혼자서 감당하기 어려운 나는 견디다 못해 보안과장 면담을 신청했다.

여기에서 오해가 있었다. 작업자 배치에 부정이 있다는 사실을 고

"그대로 돌아가!"
나는 동행을 요구하는 경비들에게 거부의사를 밝혔다.
순순히 돌아갈 리가 없었다. 그들은 더욱 가까이 접근했고
나는 그들의 접근을 막기 위해서 작업 중이던 도끼를 들었다.
누구를 해치자는 생각이 아니었다.

발하려는 것으로 오해한 경비대에서 나를 연행하려 했다. 나는 응하지 않았다. 죄가 있든 없든 그곳에 끌려간 사람은 온전하지 않았다. 대개가 업혀 나왔다. 그만큼 불법 세계였다.

가혹 행위는 간수보다 더 했다. 간수는 법적 책임이 있지만 죄수들에겐 그것이 없다. 설혹 있다 한들 두려워할 게 없다. 어차피 죄수의 몸이요 죄수에게 법적 책임을 묻게 되면 소장도 보안과장도, 그리고 그 밑에 관련 간수들도 줄줄이 책임을 져야만 했다. 그러니 사건이 나더라도 덮을 수밖에 없는 것이다.

그런데 그 가혹 행위를 당하지 않으려면 한 가지 방법이 있다. 잘못하면 죽을 수도 있는 자해 행위다. 팔목의 동맥을 끊는다든가 가슴과 복부를 면도칼로 찢는다든가 발등에 대못을 박는다든가 하는 일인데, 하긴 피가 콸콸 흐르고 내장이 배 밖으로 나와 있는데 구타를 할 수 없지 않겠는가.

"그대로 돌아가!"

나는 동행을 요구하는 경비들에게 거부의사를 밝혔다. 순순히 돌아갈 리가 없었다. 그들은 더욱 가까이 접근했고 나는 그들의 접근을 막

기 위해서 작업 중이던 도끼를 들었다.

누구를 해치자는 생각이 아니었다. 최소한 그날의 당직 간수장을 만나서 구타를 모면하고 내 의사를 전달하겠다는 생각뿐이었다.

그러나 사건은 필요 이상으로 확대되었다. 사건을 해결할 간수장 하나만 오면 그만인 것을 폭동 진압대가 동원되었다. 그들은 모두가 검도, 유도, 태권도를 하는 무술 교도관들이었다. 결국 나는 힘에 의해서 굴복할 수밖에 없었는데 나중 처리가 잘못되었다.

난동이나 자해 행위를 막기 위해서 수갑과 포승을 채우는 것은 합법이요 당연한 일이었지만 피가 통하지 않도록 결박하는 것은 일제강점기에도 없었던 불법이요 가혹 행위였다. 사람들은 손가락 끝이 까맣게 죽도록 묶어본 경험이 있는지 모르겠다. 아니면 맹장이나 위경련을 앓아본 경험이 있는지 모르겠다. 있었다면 그 열 배 백 배의 고통이라고 하면 조금 이해가 갈 것이다.

백 미터를 달리고 난 후의 숨보다 몇 십 배나 가슴이 막히고 땀이 나다가 오한이 나기를 몇 차례, 결국 몇 차례 기절을 해야 했고, 근무자도 죽을지 모른다고 보고를 했지만 결박은 풀어주지 않았다. 당시 소

그러나 팔의 절단은 결정하지 못했다.
팔을 절단하려면 대학병원에 가야 하는데
그렇게 되면 교도소의 가혹 행위가 세상에 알려질 게 아닌가.
교도소 측에선 차라리 내가 죽는 게 편했다.
심장마비란 진단서 한 장이면 그만이고 가족 상황을 보니
의문사에 대한 규명을 요구할 사람도 없었다.

장은 김만석이었고 보안과장은 김희만이었다.

목이 가랑잎처럼 말라서 물을 신음으로 찾았으나 물조차도 주지 않았다. 결국 마룻바닥에 고인 내 오줌을 옆으로 몸을 돌려 혀끝으로 찍어 올려야만 했다. 바라는 건 죽음뿐이었다.

이렇게 날이 샌 나는 다음 교대자 인수인계 과정에서 포승은 풀렸으나 이미 한쪽 팔은 완전히 못쓰게 되었고 의무과로 간 나는 한 마디로 팔을 절단해야 한다는 말을 들어야만 했다. 마치 팔과 손은 개 훈련용 보호대를 낀 듯했고 가슴도 검도 조끼를 입은 것만큼이나 부어 있었다.

그러나 팔의 절단은 결정하지 못했다. 팔을 절단하려면 대학병원에 가야 하는데 그렇게 되면 교도소의 가혹 행위가 세상에 알려질 게 아닌가. 교도소 측에선 차라리 내가 죽는 게 편했다. 심장마비란 진단서 한 장이면 그만이고 가족 상황을 보니 의문사에 대한 규명을 요구할 사람도 없었다. 그때 그 시절에는 민원을 제기한 사례조차 없었다. 사실 가족들로부터 버림받은 사람도 없지 않았다.

아무튼 3년 동안 쑤시고 저린 아픔은 사라지지 않았고 손과 팔은 닭

발 튀긴 듯 오그라들고 팔은 등 뒤로 꼬여 돌아갔다. 약은 진통제마저도 없었다. 60년이 지난 지금도 오른쪽 세 손가락의 감각이 없어서 볼펜을 놓치곤 하지만 나의 생명은 아무리 생각해도 저주받은 생명이라고 밖에 생각이 들지 않는다.

사실 그런 끔찍한 상태에서 오늘까지 어떻게 살았느냐는 의문이 생기지 않을 수 없는데 그것은 한 마디로 '인간의 신체는 환경의 지배를 받을 수밖에 없는 생리 조직이란 사실' 이다. 쉽게 말한다면 인간이 숨을 쉬는 것도, 물에 빠져 질식하거나 연기를 마시고 질식하는 경우가 바로 환경에 적응하는 현상과 결과라는 사실이다.

사람이 손가락을 구부려 얼마간 묶어 놓으면 굽은 채로 있다. 상처가 아무는 현상도 그것이다.

나는 감방 바닥에 꼬부라진 손가락을 대고 동료들로 하여금 손등에 올라서게 했다. 손마디가 낙타 무릎처럼 굳은살이 박이며 수없이 떨어져 나갔다.

그리고는 깁스하듯 손바닥에 나무판을 묶고 나뭇가지 사이나 주먹이 들어갈 틈만 있으면 그곳에 팔을 넣고 쉬지 않고 팔을 폈다.

21

교도소의 철새

'교도소의 철새'는 『주간한국』 '쎄라비 인생'이란 테마기사 속에 난 어머니 이야기의 타이틀이다.

나는 16년의 복역 중 아홉 번의 이감과 열세 번의 독방생활을 했다. 이감 때마다 어머니는 나를 따라다니며 교도소 가까운 곳에서 식모살이를 하셨다. 아무리 가까이에 있어도 면회는 한 달에 한 번밖에 할 수 없지만 그래도 아들 가까이 있다는 자체만으로 위안이 되셨던 모양이다.

내가 이토록 많은 이감을 다닐 수밖에 없었던 것은 자신들의 안녕을 위해서였다. 나는 이감 가는 곳마다 그곳의 소장을 면담해서 법무부 장관 면담을 요청했다. 가혹행위에 의한 상해사실과 부당한 처우에 대해서 탄원하기 위해서였다.

새로운 정의와 진실은 기득권자들의 입장에서 보면 반란이다. 그러나 이 반란이 언제나 새로운 질서의 시작이다.

그러면 그들은 면회 대신에 이감을 보냈다. 시간이 가면 원한도 식을 것이란 생각도 했지만 그만한 사건 하나를 처리하지 못하는 소장으로 무시당하고 싶지 않아서였을 것이다.

그리고 또 한 가지 중요한 사실이 있다. 그것은 교도소 내 조직 폭력배들과의 충돌이었다. 교도소 안에 조직 폭력배가 있다고 하면 아무도 믿지 않겠지만 사실이다.

같은 조직의 공범도 있고, 같은 조직에서 먼저 들어오고 나중 들어온 선후배 관계도 있다. 사회에서는 갈등관계인 다른 조직이라 할지라도 교도소에서 만나면 서로 반가운 사이가 되기도 한다. 여기에서 소매치기 조직도 무시할 수 없다. 군소 많은 조직이 있지만 크게 3대 조직을 꼽는다.

전라도 꼬마, 백식구 '연호' 조직이 그것이다. 그중에 소매치기왕 전라도 꼬마는 시장을 한 바퀴 돌고 나면 손목시계와 목걸이가 들통으로 하나 가득했다는 일화도 있지만, 원작 김은국의 '순교자' 란 종교소설을 영화로 제작한 것으로도 유명하다.

그만큼 재력이 있었다는 건지 아니면 예술을 사랑했다는 건지, 아니면 한국의 예술가들이 일개 소매치기만도 못하다는 비판이었는지 알 수 없지만 영화를 제작한 것만은 사실이다. 그리고 남다른 철학을 가지고 있다는 것만도 범인을 초월했다.

교도소에는 각종 범죄자들이 모인 집단이다.
따라서 신분도 성격도 개성도 가지가지다. 이렇다 보니 바람 잘 날이 없다.
이런 것을 관리하기 위해서 조직 폭력배나 조직 소매치기들을 이용하게 되는데
그것은 청소부, 즉 배식을 하거나 식수를 공급하거나
또는 잡수(위생수)를 배급하는 역할자를 말한다.

그는 출감 후 한탕 성공하면 과거에 신세진 교도관을 찾아서 사례부터 했다. 미래를 위한 포석이다. 그러다 보니 구속되면 또 편하게 살 수밖에 없는 것이다. 교도소 측에서도 이들을 역이용하면 골치 아픈 존재들이 조용하다.

교도소에는 각종 범죄자들이 모인 집단이다. 따라서 신분도 성격도 개성도 가지가지다. 이렇다 보니 바람 잘 날이 없다.

이런 것을 관리하기 위해서 조직 폭력배나 조직 소매치기들을 이용하게 되는데 그것은 청소부, 즉 배식을 하거나 식수를 공급하거나 또는 잡수(위생수)를 배급하는 역할자를 말한다. 이해관계가 있는 곳이다 보니 불만과 불평이 있게 마련인데 그것을 대개는 폭력으로 해결하는 것이다.

여기에 나의 존재가 시한폭탄으로 보였을 것이다. 조직 폭력배들의 눈에도 그랬지만 간수의 눈에도 그랬다.

실제로 보지 못한 과거의 관록(도끼사건)이 늘 불안의 요인이 되었던 것이다.

그때 무술 교도관 30명을 해 치웠다는 엉뚱한 소문이 나 있었던 것

이다. 영웅담을 그린 '야인시대' 나 '장군의 아들' 과 같은 과장된 카타르시스였다.

아무튼 그 아슬아슬한 시한폭탄을 끼고 살 수가 없어서 나를 이감시키기도 했다.

그 바람에 어머니는 교도소의 철새가 됐고 나는 부당한 처사에 항의하다 독방으로 개처럼 끌려 다니는 신세로 살아야만 했다.

오기도 사라졌다. 복수도 사라졌다. 희망이란 더더욱 없었다. 왜 살아야 하는지 그 이유마저도 찾지 못했다. 살아나가서 어머니를 모신다는 생각은 더더욱 아득했다.

20년 동안 복역하면서 따귀 한 대 맞지 않았다는 고참의 이야기를 한때는 비웃기도 했지만 그가 참으로 현명한 인생을 살았다는 생각이 자꾸만 들었다.

이야기를 하다 보니 앞에서 몇몇 교도소의 명물이 등장했었는데 그 중에 두 사람이 빠졌다.

그 중 한 명이 김삿갓이란 사람으로 팔도강산 구석구석 모르는 곳이 없었고, 말은 청산유수로 그와 마주하면 시간 가는 줄 몰랐다. 그

나는 부당한 처사에 항의하다 독방으로 개처럼 끌려 다니는 신세로 살아야만 했다.
오기도 사라졌다. 복수도 사라졌다. 희망이란 더더욱 없었다.
왜 살아야 하는지 그 이유마저도 찾지 못했다.
살아나가서 어머니를 모신다는 생각은 더더욱 아득했다.

는 입으로 살기도 하지만 주먹도 자기 앞가림은 하는 사람이다.

그리고 다른 한 사람 쌕쌔기란 별명을 가진 사람인데 출감하면 3일이 못 되어 체포되곤 한 데서 붙여진 이름이다. 그는 초범 때 호송한 간수가 소장이 되어 그의 환갑을 차려주었다는 이야기로도 유명하다.

교도소엔 이처럼 허무한 인생을 마치는 사람이 있는가 하면 천재들도 많다.

그 중에 장면박사 저격을 했던 최헌이란 사람과 인천교도소에서 탈옥한 임헌상이란 사람은 신구약 성경을 몽땅 암기한 사람이다.

22
마지막 교도소

1973년 나는 잔형 7년이 남은 상태에서 수원교도소로 이감이 되었다. 당시 수원교도소는 우리나라 최초의 자치제 교도소로 가석방 해당자들만 보내지는 곳이었다. 자치제를 좀 더 구체적으로 풀이한다면 글자 그대로 재소자 스스로가 모든 행정을 맡아 한다는 것이다.

하다 보니 군대식 직제를 모방했고 제일 가식적인 것은 재소자 3인만 모이면 형기나 죄명 관계없이 교도관 동행 없이 소내 어디든 자유스럽게 다닐 수 있다는 말이다. 그런 곳에 내가 갔다는 것은 잘못 되어도 많이 잘못 되었다.

첫째 신분장 상으로 모범수여야 하고, 둘째 잔형이 3년 미만이어야 했다. 그러다보니 대부분 과실범일 수밖에 없었다.

인수인계 과정에서 신분장을 살펴본 수원교도소 측의 간수장이 나는 받을 수 없으니 데려가라고 했다. 안양교도소 측에서는 법무부 결재가 난 것이니 그럴 수 없다고 했다. 데려가더라도 다시 절차를 밟는 것이 순서였다. 나는 처음으로 내 자신이 아무 쓸모도 없는 인간이란 사실에 외로움과 서러움을 느꼈다. 수원에 왔다고 해서 다 가석방이 되는 것이 아니라는 사실쯤은 알고 있었지만 이토록 버림받은 인간인 신분장을 살펴본 수원교도소 측의 간수장이 나는 받을 수 없으니 데려가라고 했다.
안양교도소 측에서는 법무부 결재가 난 것이니 그럴 수 없다고 했다.
데려가더라도 다시 절차를 밟는 것이 순서였다.
나는 처음으로 내 자신이 아무 쓸모도 없는 인간이란 사실에
외로움과 서러움을 느꼈다.

줄은 몰랐다.

결국 법무부의 결재를 기다리기로 하고 우선은 수원교도소 측에서 인수를 했다. 다음 날이었다. 교무과에서 호출이 있었다. 교무과장은 안양교도소에 있을 때 간첩의 누명을 쓰고 복역 중인 재소자를 재심 받도록 주선해서 무죄로 석방시킨 장본인이다.

그때 그 무죄의 주인공은 '내 청춘을 변상하라' 는 영화의 주인공이다. 그는 6.25때 도민증이 없다는 이유 하나만으로 열다섯 살에 간첩 혐의를 뒤집어썼던 것이다. 그의 도민증은 잃어버린 어머니의 보따리에 있었고 노희수 과장은 연고지에 공문을 보내어 그 어머니를 찾았던 것이다.

그런 그가 나를 불렀다. 그리고 신상에 대해서 자세히 물었다. 내 범죄 사실에서부터 교도소 안에서 있었던 여러 가지 사건들의 결과보다는 동기를 물었다. 나중에 안 사실이지만 그는 내 신분장을 들고 소장에게 올라가서 모든 것을 책임질 테니 믿어달라고 했다는 것이다. 정년이 가까운 노인의 청을 거절할 수 없어서 승낙을 했다.

그런데 막상 출역(일터)할 장소가 없었다. 나머지 형기가 너무 많기

때문에 선례의 자리가 없었다. 하는 수 없이 이번에는 교무과에서 직접 관리하는 도서실에 배치했다. 어째도 가석방이란 희망은 없었지만 보이지 않는 암벽이 있었다. 그것은 14년인가 15년 전에 앙숙으로 인연이 됐던 독거미 그가 개척 대대장이라는 사실이다. 앞에서도 잠깐 이야기했듯이 군대식 자치제라서 대대장인 그의 결재가 없으면 아무것도 할 수가 없는 것이다.

그곳엔 개척, 자활, 재건이란 3개 대대가 있었고, 개척대 산하에는 경비, 취사, 훈련, 보일러(기관), 도서실이 있는데 나는 그의 소속이었다. 누구나 가석방이 되자면 간부, 즉 분대장, 소대장, 중대장이란 직책을 거쳐야만 되는데 그 최종 결재자가 독거미였다.

일 년이란 세월이 흘렀다. 나는 처음으로 사회에 대한 희망을 갖기 시작했다. 가석방이 아니라 만기를 채우더라도 살아가야 할 길이었다. 그동안 나에겐 줄곧 절망뿐이었다. 살아서 나간다는 희망도 없었지만 나를 불구자로 만든 사람들에 대한 원한뿐이었다.

십년 넘는 세월동안 재범자들의 사정을 들어보면 모두가 직업, 즉 직장을 구하지 못한 때문이었다. 물론 여기에는 고질적이고 상습적인 일 년이란 세월이 흘렀다.
나는 처음으로 사회에 대한 희망을 갖기 시작했다.
가석방이 아니라 만기를 채우더라도 살아가야 할 길이었다.
그동안 나에겐 줄곧 절망뿐이었다.
살아서 나간다는 희망도 없었지만 나를 불구자로 만든 사람들에 대한 원한뿐이었다.

범죄자도 있지만 10년 넘게 복역한 자들의 재범 원인은 열심히 일할 수 있는 직장이 없기 때문이었다. 직장이란 원한다고 얻을 수 있는 값싼 물건이 아니었다. 그 환경과 조건에 맞는 능력이 있어야만 했다. 답은 기술이었다.

도서실은 편하긴 해도 기술은 아니었다. 그래서 나는 기술을 배우기로 결심했다. 교무과장과 상의한 결과 보안과장과 만나는 것이 순서였다. 업무 성격상 작업과장의 소관이었으나 나 같은 경우는 보안과장의 동의가 우선이었다.

나는 취지를 이야기했다. 희망 부서는 기관실이었다. 앞으로 선진국들과 같이 아파트라는 게 많이 생기게 되는데 그렇게 되면 국가가 인정하는 기술이 있어야 된다는 것이었다. 그래서 보일러실을 요구했던 것인데 보안과장은 정수리가 천정에 닿을 만큼 펄쩍 뛰었다. 도대체 잔형이 얼마이며 그곳에 출역하는 사람들이 어떤 사람들이냐는 것이다.

대개 원형이 2년 정도이고 잔형이 1년 미만이었다. 나는 아는 대로 대답했다. 보안과장은 정신이 있느냐고 물었다. 나는 과장님 보시기엔 어떠냐고 되물었다. 원래 재소자가 높은 사람 앞에 가면 주눅이 들어 할 말을 못하는 법인데 나는 반대로 여유를 보였다. 과장도 정신이 나가보이지는 않는다고 농담을 섞었다.

표정이 진지했다. 나는 4년이라고 했다. 과장은 들여다보던 신분장에서 나를 바라보며 3년은 어디에 갔느냐고 했다. 나는 망설이지 않고 그건 가석방이라고 했다. 어이가 없어서인지 재미가 있어서인지 껄껄 웃으며 좀 더 두고 생각해 보자고 했다.

"믿어 주십시오. 지금껏 살아온 게 아까워서 탈옥은 절대로 하지 않을 겁니다. 제가 성질은 못 됐지만 바보는 아닙니다."

나는 '때는 이때다' 하고 진심을 고백했다. 인간을 감동시키는 것은 진실뿐이라는 사실을 나는 믿는다. 집사와 판사는 말고….

다음 날이었다. 통보가 왔다. 소장님 결재가 났다는 것이었다. 또 한 번의 기적이요 행운이었다. 나는 열심히 했다. 관련서적을 구해다 보며 선배 아닌 고참들에게 묻고 또 물었다. 복역 연한으로 보나 결코 좋은 과거는 아니었으나 그 과거로 보아 누구에게도 굽힐 성격이 아닌데 배움에 관한한 뜻밖의 겸손에 그들은 부담 없이 나의 궁금증에 알고 나면 모든 게 쉬웠다. 기술 외에도 일이 보이기 시작했다.
솔선했다. 관으로부터 인정을 받기 시작했다.
보일러 산업기사란 자격증도 땄다. 별 하나를 달아주었다.
근면의 상징인 별 하나는 분대장이었다.
그리고 또 얼마 안 가서 소대장이 되었다. 별이 두 개였다.

대해 대답해 주었다.

알고 나면 모든 게 쉬웠다. 기술 외에도 일이 보이기 시작했다. 솔선했다. 관으로부터 인정을 받기 시작했다. 보일러 산업기사란 자격증도 땄다. 별 하나를 달아주었다. 근면의 상징인 별 하나는 분대장이었다. 그리고 또 얼마 안 가서 소대장이 되었다. 별이 두 개였다. 나는 그때 비로소 마음속의 상극이었던 개척 대대장(별 4개) 독거미에 대한 인식이 달라졌다. 그의 방해 공작이나 거절이면 될 수 없는 체제였기 때문이다.

그런데 이번에야말로 천둥 번개와 같은 대사건이 일어났다. 별 세 개를 달면서 경비중대장이 된 것이다. 소속은 개척대 소속으로 독거미는 직속상관이었다. 대개 공직사회에서 장보다는 차가 실권이 있듯 그곳도 그랬다. 수수께끼가 아닐 수 없다. 그도 출감이 가까워 오니 누구하고도 원한 관계를 맺고 싶지 않았는지 아니면 옛날 일에 대한 사과의 뜻이었는지 모른다.

아무튼 경비중대장 자리는 내가 갈 만한 자리가 아니었다. 역대 인사표를 보면 단체생활에 통솔경력이 있는 군 장교 출신이나 경찰관 출신들이었다. 심지어는 자유당 시절에 치안국장을 지낸 서정학도 이곳 경비중대장을 지냈다. 경비중대장을 하겠느냐, 간수장을 하겠느냐 하면 경비중대장을 하겠다는 풍자가 생길 정도의 자리다.

그런 곳에 세상이 다 아는 곤조통이 갔으니 어떤 억측이 없었겠는가. 그러나 나는 역대 중대장들이 생각지도 못하고 해내지도 못했던 일들을 해냈다. 출감 후에 안 일이지만 나는 통솔의 천재란 말도 들었다.

대한민국에서 중앙제지라고 하면 몇째 안 가는 규모의 회사다.

지금의 양주시 덕정리란 곳에 제3공장이 있었다. 창설 당시 사장은 회장의 둘째 아들이었고, 나는 그의 밑에서 공장가동 3개월을 앞당기는 데 공헌이 컸다. 본사에서 기술 지도로 온 과장과 심한 다툼이 있었는데 회장은 아들을 불러 나를 당장 해고하라고 했다. 이때 사장은 회사를 포기하면 했지 그 사람은 포기하지 못한다고 했다.

뿐만 아니라 불량제품 관계로 거래처가 끊겼을 때 공장장이나 생산과장을 보내지 않고 기관실 책임자인 나를 보냈다. 나는 오히려 주문

창설 당시 사장은 회장의 둘째 아들이었고,
나는 그의 밑에서 공장가동 3개월을 앞당기는 데 공헌이 컸다.
본사에서 기술 지도로 온 과장과 심한 다툼이 있었는데
회장은 아들을 불러 나를 당장 해고하라고 했다.
이때 사장은 회사를 포기하면 했지 그 사람은 포기하지 못한다고 했다.

을 받아왔다. 그런가 하면 일요일 날 개인적으로 놀러갔던 사원이 한탄강에서 익사한 일이 있었다. 이기선이었다. 그때 유족들은 회사에게 책임을 물었다. 사람이 죽었으니 상식과 법을 떠나 분위기가 험악할 수밖에 없었다. 회사에서는 나를 보냈다.

나는 법적 책임과 도덕적 인성문제를 명확히 밝혔다. 후에 유족 대표가 참으로 그 상황에서 대담하고 어려운 판단 결정에 오히려 존경스러웠다고 했다.

그리고 또 한 번은 원료탱크에 정혁이란 사람과 권병안이란 사람이 빠져서 죽은 사건이 있었는데 역시 수사 경찰과 내가 부검 현장에 입회하게 되었는데 그때도 내 논리가 맞았다. 그랬는데도 셋째 아들이 사장으로 오면서 나는 회사를 떠나게 되었다. 임금의 갈등 때문이었다. 나는 공로상과 제안상 때문에 총무과장보다 많은 급료를 받았는데 새로 온 사장은 그것을 깎아 버렸다.

다시 본론으로 돌아가서 교도소에서의 경비 업무와 성격은 일반 사회에서의 경찰과 같은 것이다. 재소자들의 범칙 행위를 적발하고 고발하고, 사건을 눈감아 주는 대가로 금품을 갈취하고, 그러면서도 자신들은 몇 배나 큰 범칙 행위를 하는 것이다. 마치 음주운전 단속법을 만든 사람이 음주운전을 하고, 위장전입자를 처벌한 판사가 자신은 더 많은 위장전입을 하고, 또 1억 원을 먹은 국회의원이 천만 원 먹은 공직자 후보 얼굴에 침을 뱉는 격이다.

여기에 재소자들은 불만 정도가 아니라 원성이 높았다. 그래도 누가 문제를 삼는 자가 없었다. 자신만 손해를 보기 때문이었다. 예를 든다면 경비원들은 담배를 보루째 거래하면서 일반 재소자들은 연기만 피워도 처벌을 했다. 사소한 일이라 할지 모르지만 경비원들이 식당에서 식사를 하지 않고 취사장에서 쌀과 부식을 가져다 해 먹는 것도 엄연한 범칙 행위인데 누구도 그것이 잘못 되었다고 나서는 사람이 없었다.

나는 가장 쉬운 그것부터 고쳐 가기로 했다. 경비원들도 식당에서 밥을 먹도록 했다. 정상적인 일인데 비정상적인 것처럼 인식이 굳어 있었다. 재소자들의 반응은 엇갈렸다. 얼마나 가는가 보자는 시선과 해낼 것이란 시선이었다. 다음은 택시 운전자의 사납금처럼 매일 경

누구보다도 보안과장이 놀라고 좋아했다.
나를 중대장으로 앉힌 사실에 대해서 체면도 섰지만 자부심도 생겼다.
그러나 중간 간부들은 불만이었다.
나는 이때마다 모자를 벗어 조용히 간부 책상에 올려놓고 돌아섰다.
과거의 관록 때문에 밉지만 문제 삼지는 못했다.

비중대장 침대 위에 쌓여야 하는 간식이었다. 빵 몇 조각 음료수 몇 병이 별 거 아닌 것 같지만 그것을 채워야 하는 경비원에게는 여간 큰 부담이 아니었다.

경비실의 모든 부정행위는 바로 거기서부터 시작되었다. 그것은 경비대장 혼자서 독식하는 게 아니라 일요일마다 테니스를 즐기는 중간 간부들의 간식이었다. 음료수는 물론 맥주도 준비되어야 했다. 맥주는 경비원들이 직접 손을 대는 게 아니라 구매 교도관을 통해서였다.

나는 그것을 과감히 끊었다. 그 대신 압수한 담배이거나 출소한 동료가 담 너머로 던져준 것이거나 모두 보고하라고 했다. 그러면 가석방 상신을 우선으로 해 준다는 약속을 했다. 나의 기대는 헛되지 않았다.

누구보다도 보안과장이 놀라고 좋아했다. 나를 중대장으로 앉힌 사실에 대해서 체면도 섰지만 자부심도 생겼다. 그러나 중간 간부들은 불만이었다. 나는 이때마다 모자를 벗어 조용히 간부 책상에 올려놓고 돌아섰다. 과거의 관록 때문에 밉지만 문제 삼지는 못했다. 또 원칙을 시비할 명분도 없었다.

그런 한편 나는 대원들과의 약속을 지켜냈다. 한 달에 한 번씩 있는 일반 가석방에서 과거에는 겨우 한 명이나 두 명 밖에 내지 못했는데 내가 중대장으로 간 두 번째 달은 11명이 가석방됐고, 세 번째 달에는 13명이 됐다. 난리가 날 수 밖에 없었다. 잠을 못 자는 야간 근무와 간부들 간식 문제로 경비대 출역을 기피하는 바람에 인원 부족으로 관에서도 애로가 많았었는데 지원자가 밀리기 시작했다.

나는 여기에 힘입어 누구도 생각지 못했던 그야말로 정신병자 독백 같은 일을 건의했다. 행형사를 다시 쓰는 사건에 해당했다. 그것은 경비원들의 사회 견학이었다. 처음 건의를 받은 보안과장(한도희)은 자신의 단독 결재 사항이 아니므로 간부회의 때 소장에게 공개적으로 건의하라고 했다.

간부회의는 한 달에 한 번 소장을 비롯한 각 과장과 재소자 중에는 중대장 이상 3개 대대장이 참석하는 회의를 말하는 것인데 그때 대부분의 건의사항이 올라가는 것이다.

나는 그때 누구나 다 아는 일이지만 만기출소나 가석방 때 일반 재소자나 경비원 출신 재소자를 왜 시차를 두고 내보내느냐고 질문했

그들에게 위로하고 치하하는 뜻에서 하루가 다르게 변해 가는 사회를
견학시킴으로써 사회적응 교육의 효과도 볼 수 있는 게 아니냐고 역설했다.
소장을 제외한 모든 참석자들에게서 박수가 터져 나왔다.
박수가 그치자 소장은 법무부에 정식으로 건의하겠노라고 약속을 했다.

다. 그리고 소장이 답변하기 전에 내가 답변했다. 그것은 경비원들이 평소 일반 재소자들에게 보이지 않는 감정으로 출소 후 보복을 당하기 때문이 아니냐고 했다. 실제로 그런 사건이 있었기 때문에 분리 출감을 시켜 왔던 것이다.

이런 그들에게 위로하고 치하하는 뜻에서 하루가 다르게 변해 가는 사회를 견학시킴으로써 사회적응 교육의 효과도 볼 수 있는 게 아니냐고 역설했다. 소장을 제외한 모든 참석자들에게서 박수가 터져 나왔다. 박수가 그치자 소장은 법무부에 정식으로 건의하겠노라고 약속을 했다.

결과는 뜻밖이었다. 대개 말로만 그치고 마는 게 보통인데 소장은 약속을 지켰던 것이다. 사실 소장으로서도 획기적인 교정을 편다고 상부로부터 능력을 인정받는 사안이기도 했다.

80명 경비대원들을 비롯해서 중대장급 재소자들은 제일모직, 삼성전자, 그리고 민속촌을 다녀왔다. 이는 나 개인으로도 영광스러운 일이지만 교도소 자체로도 모범교도소란 이름에 걸맞게 앞서간 행정이었다.

어차피 믿기 어려운 이야기 끝이니 한 가지만 더 짚고 넘어가기로 한다.

그것은 1968년 5월(연도가 알쏭달쏭함) 청주교도소에서 있었던 우리나라 최초의 옥중결혼인데 그 발상이 나였다. 후에 '이 세상 끝까지' 란 KBS라디오 연속극도 되었지만 무기수들의 경우 결혼을 했어도 대개 3,4년이면 결별을 하는데 이들의 경우 약혼도 하지 않은 연인 사이였는데도 한 여인이 십년 넘게 문정규라는 주인공을 옥바라지를 했다.

나는 문정규를 시켜서 여인으로 하여금 소장을 면회하여 진정을 해보라고 했다. 나는 사실 그를 귀휴(군대로 말하면 휴가)까지 일주일 동안 내보내어 결혼을 시킨다는 생각은 하지 못하고 교도소 내 교회 강당에서 할 수 있을 거라고 생각했다. 문정규 그는 나에게 인쇄기계 기술을 가르쳤던 동료인 동시에 세면도구를 늘 대주던 사람이다.

그들 부부는 지금도 도봉동 어느 지하방에서 살고 있다. 어느새 80이 넘은 두 부부는 건강도 좋지 않은 상태이다.

23 눈물로 시작한 제3의 인생

1976년 석가모니탄신기념일을 맞아 나는 4년 5개월 20일이란 잔형을 남기고 가석방이 되었다. 그야말로 앞으로의 사례는 몰라도 전에는 없었던 대기록이다.

교도소의 충성이라고 꼽히던 독거미도, 모범교도소라고 외국에서 시찰단이 오면 통역을 맡았던 자활대대장 홍××(후손들의 명예를 위해 실명은 밝히지 않겠음)도 가석방 잔형 2년을 넘지 못했다. 뿐만 아니라 친척 중에 국회의원이 있다거나 또는 법무부에 누가 있다고 하는 사람들도 그랬다.

헌데 천하의 곤조통(문제아)에다 교도소를 아홉 번씩이나 쫓겨 다닌 내가 4년 5개월 20일의 장기 잔형을 남긴 내가 가석방이 된 것이다. 참으로 놀라운 일이 아닌가. 기실 마지막엔 갈 곳이 없어서 저 유명한 실미도 특수요원으로 차출까지 되었었다. 하지만 고향이 이북이라서 불합격 처리되지 않았었던가.

석방 하루 전날 보안과장이 나를 불렀다. 앞으로 가석방에 유리한 조건이 되도록 품의서를 올렸으니 기대는 하지 말라고 했다. 진짜로 나는 기대하지 않았다. 다른 무기수(20년으로 감형)들의 경우가 그래

왔기 때문이다. 남은 형기는 대개 2년 미만이었고, 다섯 번 이상은 품신해야 반영되었기 때문이다. 내가 만일 기대를 했다면 심장마비가 되고 말았을 것이다.

그러나 그날 밤 나는 늦도록 고방대 순시를 했고 태평하게 잠을 잤다. 그런데 기상하기가 바쁘게 보안과장이 불렀다. 집무실에 들어서자 자리를 권하며 손을 내밀었다. 보안과장의 손을 잡으며 섭섭하고 허전함을 느꼈다. 강릉교도소로 승진해 갈 것이라고 얼마 전부터 소문이 돌았기 때문이다.

"축하하네!"

"네!?"

그때서야 나는 감을 잡았다.

"고생 많이 했어, 수고도 했고."

"감사합니다!"

나는 울컥 눈물이 솟았다. 모든 게 그의 덕만 같았다. 정말 관리에게 감사를 느껴본 것은 처음이었다.

"자네는 자갈밭에다 내버려도 살아 남을 거야! 부디 지난 세월 보석방 하루 전날 보안과장이 나를 불렀다.
앞으로 가석방에 유리한 조건이 되도록 품의서를 올렸으니 기대는 하지 말라고 했다.
진짜로 나는 기대하지 않았다.
다른 무기수(20년으로 감형)들의 경우가 그래 왔기 때문이다.
남은 형기는 대개 2년 미만이었고, 다섯 번 이상은 품신해야 반영되었기 때문이다.

상 받으며 살게."

보안과장은 손에 힘을 주었다.

"과장님도 어서 강릉으로 가셔야지요."

"자격이 있어야지."

"제가 따라가서 도울까요?"

"그래 주겠나?"

정이라는 걸 몰랐는데 모르는 가운데 정이 들었나 보다. 감히 농담할 처지가 아닌데도 편안하게 하고 싶은 말이 나왔다.

어느새 교도소 앞에는 마중 온 사람들로 길이 막혀 있었다. 물론 연락을 받고 온 사람들이 아니라 신문이나 라디오를 보고 혹시나 하고 온 가족들이었다. 그 중에는 가족들을 만나서 얼싸안고 우는 사람도 있었다.

울컥 어머니 생각이 났다. 돌아가실 때마다 울면서 가셨을 어머니의 초라하고 쓸쓸한 뒷모습이 떠올랐다. 눈물을 참을 수가 없었다.

무릎을 꿇는다.

숱한 세월 뿌려 오신 어머님의 눈물이
아직도 질퍽한 이 길을
그냥 갈 수 없어서

양손에 경련이 일도록
주먹을 불끈 쥐고
언제나 오실 때는 뛰어 오시고
가실 때는 또 울면서 가신 이 길을
오늘은 내가 간다!
울면서 간다!

나는 지금도 울고 있다. 어머니 모습을 떠올릴 때마다 눈물을 참을 수가 없다.

나는 이렇게 속으로 외쳤다.
허나 태평하게 어머니 생각만 하고 있을 때가 아니었다. 문득 행정

문득 행정 착오가 생긴 게 아닌가 하는 불안으로
빨리 이곳을 벗어나야겠다는 생각이 들었다. 그리고 어디로 가야 하나를 생각했다.
막상 어머니부터 만나야 한다는 생각을 하니 막막하기만 했다.
하는 수 없이 나는 1년 전 귀휴 때 나의 보호자가 되어 주었던
어머니 주인집으로 가보기로 했다.

착오가 생긴 게 아닌가 하는 불안으로 빨리 이곳을 벗어나야겠다는 생각이 들었다. 그리고 어디로 가야 하나를 생각했다.

막상 어머니부터 만나야 한다는 생각을 하니 막막하기만 했다. 하는 수 없이 나는 1년 전 귀휴 때 나의 보호자가 되어 주었던 어머니 주인집으로 가보기로 했다. 그때 안 사실이지만 나의 보호자가 될 만큼 관심을 보이고 정을 보였던 것은 어머니로부터 고마운 신세를 한 번 졌기 때문이었다.

애초부터 사람을 쓰고 살 만큼 넉넉한 집은 아니었으나 자신이 고아로 자란 데다 어머니의 처지를 동정해서 편한 마음으로 쉬어 가시도록 했는데 어느 날 빚쟁이(계가 잘못되는 바람에)들에게 가재도구가 파손되는 긴박한 사태가 왔다.

그때 당장 있어야 할 가재도구들은 어머니의 소유라고 둘러댐으로써 위기를 모면했던 것이다. 비단 그래서 만이 아니라 그 아주머니는 남의 어려움을 그냥 지나치는 성품이 아니었다.

다음날부터 나는 묵은 편지 주소를 들고 어머니를 찾아 헤맸다. 가

는 곳마다 며칠 전에 잠시 들렀다거나 오래 전부터 소식을 모른다고 했다. 나는 목이 탔다. 피가 말랐다. 버스 한 번 타는 데 드는 차비 35원도 숨통을 조여 왔다.

16년 동안 받아 모은 작업 상여금이란 게 4만6천 원 밖에 되지 않았다. 까치가 그려진 봉함엽서 한 장에 7원씩 할 때 나의 한 달 상여금은 4원이었다. 4만 6천원 그것도 경비중대장 때 월 1만원씩 3개월 받은 덕이었다.

이걸 가지고 나라에선 10년, 또는 그 이상 사회와 단절됐던 사람에게 적응하고 재활하라는 것이었다. 나라 살림을 하는 사람들이 이런 수준이었다. 돈을 많이 주어 어느 정도 기반이 되게 하라는 말이 아니라 세상 돌아가는 것을 파악하고 업무를 수행하라는 말이다.

과연 정부에서는 출감자들의 새로운 삶을 돕고 싶은 건지, 그들도 국민의 한 사람으로 인정하는 건지 그것이 알고 싶다. 그 많은 범법자들을 가만히 가두고 짐승을 사육하듯 공밥만 먹일 게 아니라 그들로 하여금 자립할 수 있도록 여건을 만든다면 그것이 더 생산적인 나라 살림중의 하나가 될 것이 아닌가.

과연 정부에서는 출감자들의 새로운 삶을 돕고 싶은 건지,
그들도 국민의 한 사람으로 인정하는 건지 그것이 알고 싶다.
그 많은 범법자들을 가만히 가두고 짐승을 사육하듯 공밥만 먹일 게 아니라
그들로 하여금 자립할 수 있도록 여건을 만든다면
그것이 더 생산적인 나라 살림중의 하나가 될 것이 아닌가.

그날도 나는 탈진한 상태에서 어두운 언덕길을 올라가고 있었다. 저 앞에 역시 힘겨운 걸음걸이로 올라가는 여인이 있었다. 얼굴은 볼 수 없을지라도 걸음걸이 하나만 가지고도 파악이 어렵지 않았다.

나는 성급히 다가가 여인의 보따리 한쪽을 잡았다.

"누구요?"

"어머니!"

미처 얼굴은 볼 수 없었지만 목소리 하나만으로 나는 어머니를 알아보았다.

순간 어머니는 아무 말 없이 그 자리에 털썩 주저앉으셨다.

"어머니!"

나도 어머니 앞에 털썩 주저앉으며 다시 불렀다.

"웬일이냐?"

어머니는 놀라는 음성이 아니었다. 무엇인가 체념하는 듯한 음성이었다.

"나왔어요."

"도망?"

어머니는 가석방에 대해서 대강은 알고 계셨다. 면회자들을 통해서도 알고 계시겠지만 작년 귀휴 때 얼마나 기다리시면 된다는 말씀을 드렸던 것이다.

"아니요."

"그럼?"

"아주 나왔어요."

"어떻게…?"

"올라가서 들으세요."

나는 다음날 어머니와 함께 건국대학교 임옥인 선생님을 찾아갔다. 출감 후 전화를 드렸을 때 어머니를 만나면 꼭 함께 오라는 당부가 있었기 때문이다.

선생님은 우선 기도방으로 쓰시는 별채를 내주시고 식사는 서로가 편하도록 배려를 하셨다. 그리고 직장을 구할 때까지 무료할 테니 놀고 있는 땅을 가꾸라고 하셨다. 지금의 원효병원 앞이 당시에는 전부가 밭이었다. 그중의 일부만 선생님 땅이었는데 나는 거기에다 콩을 나는 다음날 어머니와 함께 건국대학교 임옥인 선생님을 찾아갔다.
출감 후 전화를 드렸을 때 어머니를 만나면
꼭 함께 오라는 당부가 있었기 때문이다.
선생님은 우선 기도방으로 쓰시는 별채를 내주시고
식사는 서로가 편하도록 배려를 하셨다.

심었다.

그리고는 둔촌동에서 종로까지, 다시 종로에서 영등포까지 굴뚝 높은 집이라면 모조리 들렀다. 굴뚝 높은 회사는 반드시 보일러가 있기 때문이었다. 그러나 대부분 경비실에서 돌아서야만 했다.

한편 임 선생님도 방문하는 사람마다 붙들고 직장을 부탁하셨다. 그러나 그 어디에서도 출근하라는 소식이 오는 곳이 없었다. 속이 숯검뎅이가 되었다. 날이 갈수록 초조한 마음은 더해만 갔다. 너무 서두르지 말라고 선생님은 위로를 하셨지만 될 일이 아니었다.

어떻게 하면 못 살아서 재범 또는 3범이 되느냐고 옛 동료들을 흉보았지만 그것이 부끄러웠다. 편하게 돈을 벌려는 생각 때문이 아니라 일할 곳이 없어서 그랬다는 사실을 이해할 수가 있었다. 부끄러운 말이지만 교도소가 그리웠다. 사실 그곳에선 먹고 자고 입는 걱정은 없었다. 생존의 문제가 이처럼 긴박해 보이기는 처음이었다.

어려서 굶을 때는 그것을 몰랐다. 가다가다 나는 울산 현대조선소까지 갔다. 그곳에서는 사람을 많이 쓴다는 직업소개소의 말만 믿고 서였다. 그러나 그곳에도 나를 기다려 주는 사람은 없었다. 하는 수 없이 나는 다시 서울로 올라왔다.

추수의 계절이었다. 콩타작을 마친 나는 우선 콩짚을 모아 쌓고 비닐을 주워다가 지붕을 만들었다.

그리고 밤마다 교도소에서 써 가지고 나온 원고를 정리했다. 한없이 어리석고 무모한 짓이지만 혹시 그것이 돈이 되지 않을까 하는 기대에서였다.

임옥인 선생님의 추천사 덕이었는지 아니면 특이한 소재들이어서 흥미를 느꼈는지 '탄원' 이란 제목으로 출판이 되었다. 지금의 '서음미디어' 당시에는 서음출판사에서였다.

1976년 당시 10만원의 고료를 받았는데 정릉 골짜기에 전세방 하나를 얻고도 5만원이 남았다. 우선 직장을 찾아다니는 데 힘이 생겼다.

24

며칠 계시다 가실 거예요

한때는 해군 총장인가 하는 사람이 군인들을 머슴도 아닌 노예 부리듯 한다고 세상이 시끌벅적하더니 2018년 11월 요즘에는 양진호라는 사람의 갑질이 언론에게 일거리를 만들어 주었다. 그전에 대한항공 조양호 회장의 두 딸로 시작해서 가족 전체가 사원 또는 가사 도우미들에게까지 갑질을 했다고 세상이 시끌벅적했다.

사실 권력이든 돈이든 명예든 학자든 우월한 위치에 있는 사람치고 갑질 안한 사람은 거의 없다. 세상에 알려지지 않았을 뿐이다. 성희롱 성폭력과 같은 사건도 그 일부분에 지나지 않는다. 서로의 입장이 되어보지 않고서는 어느 쪽이 옳다, 어느 쪽이 잘못이다 말할 수는 없지만, 그 갑질을 당하며 산 사람들은 참으로 인내가 대단하고, 인격이 훌륭하고, 가족에 대한 애정이 눈물겹도록 훌륭하다고 말하지 않을 수 없다.

그들도 인간인데 왜 자존심이 없고 부당한 처사에 대해서 분노를 느끼지 않겠는가. 오로지 그들은 눈앞에 보이는 수모보다는 가슴 속에 자리 잡은 가족들이 먼저 보이고 소중했을 것이다.

"아저씨는 며칠 계시다 가실 거예요?"

오랜 기다림과 방황 끝에 얻은 첫 직장의 식당 아주머니가 첫날 한 말이다.

직장은 여관을 겸한 목욕탕이었다. 설명인즉 기관실 조수는 하루에 한 명씩 바뀌고, 기관장은 한 달을 채우는 사람이 없었다고 했다. 이유는 모른다고 했다. 나는 속으로 징역살이보다야 힘이 들겠는가 다짐했다.

3개월을 버텼다. 제일 먼저 식당 아주머니가 대단하다고 했다. 그리고 같은 건물 지하다방에서 나를 만나자는 사람도 있었다. 인근 빌딩 기관장인데 이 집 사장이 모처럼 일꾼 하나 제대로 들어왔다기에 보고 싶었다는 것이었다. 지금까지 없었던 일이라고 했다.

그러나 나도 결국 터지고야 말았다. 문제가 생기던 날이었다. 내일 새벽 근무를 위해서 조수에게 기관실을 맡기고 침실로 들어왔는데 사장으로부터 인터폰이 왔다. 급히 지하실로 내려가 보라는 것이었다. 기관(보일러)이란 원래 위험물인지라 나는 계단을 몇 계단씩 건너뛰어 지하실로 내려갔다.

"여보, 기관장! 조수 교육 좀 똑바로 시켜!"

카운터 앞에서 사장과 속닥거리고 나면 여지없이 조수가 보따리를 싸야 했다.
그는 평소에 유도가 2단이란 것을 은근히 과시하고 있었다.
그게 무서운 건 아니었지만 먼저 기를 꺾는 건 필요했다.
그래야만 싸움에 유리하기도 하지만
아예 싸움을 포기하게 만들 수도 있기 때문이다.

경위를 묻기도 전에 이발사가 반말질을 했다. 조수는 어제 들어온 신참이었다.

"야! 이 새끼야! 네가 사장이야, 지배인이야. 누구에게 충고야?"

나는 나도 모르게 그의 멱살을 잡았다. 평소에 쌓인 감정이었다. 목욕탕 한구석에 임대로 들어온 놈이 자신의 입장도 모르고 관리인 행세를 했었다.

"당신, 그렇게 사람 잘 쳐!?"

이번에는 옆에 섰던 다방 주방장이 나의 어깨를 잡아 제쳤다.

"너는 뭐야? 이 간신 밑보지 같은 새끼야!"

나는 옆에 있던 연장을 집어 들었다.

그에 대해서도 나는 불만이 많았다. 카운터 앞에서 사장과 속닥거리고 나면 여지없이 조수가 보따리를 싸야 했다. 그는 평소에 유도가 2단이란 것을 은근히 과시하고 있었다. 그게 무서운 건 아니었지만 먼저 기를 꺾는 건 필요했다. 그래야만 싸움에 유리하기도 하지만 아예 싸움을 포기하게 만들 수도 있기 때문이다.

"기관장님!"

조수가 놀래서 나의 앞을 막았다.

"기관장, 뭐하는 거야! 올라오지 못해!'

기관실이 시끄러워지자 사장이 계단 위에 서서 소리쳤다. 명령이 아니라 어린애 취급하였다.

"야! 이 새끼야, 네가 사장이야!"

나는 손에 든 파이프렌치로 계단을 세차게 두들기며 위로 올라갔다. 이러자 돌발사태에 놀란 사장은 카운터로 들어갔다.

"사장이면 사람을 제대로 볼 줄 알아야지. 내가 죽은 놈 좆처럼 하고 사니까 보는 눈도, 듣는 귀도, 그리고 감정도 없는 인간인 줄 알았냐?"

나는 파이프렌치로 카운터 벽을 후려쳤다. 그는 흠칠 하고 놀랬다.

"저 간신 밀보지 같은 새끼들 말만 듣고 얼마나 많은 애를 피눈물 나게 했니! 통행금지 시간만이라도 지난 담에 보내자고 하니까 가다가 걸리면 너를 대라고? 네가 도대체 뭔데? 네 대가리는 무쇠 대가리냐? 한 번 쳐볼까 안 부서지나!"

나는 파이프렌치를 그의 얼굴 앞에 대고 흔들었다. 그는 눈을 꽉 감

나는 미리 준비했던 것처럼 말이 쏟아져 나왔다.
내가 생각해도 참으로 어처구니없는 일이었다.
미친 짓이었다. 감정이 폭발하는 순간에는
누구나 그런지 모르지만 나는 앞과 뒤를 생각하지 못했다.
상대의 움직임에 따라 움직이는 야생동물처럼 반사적이었다. 본능적이었다.

고 있었다.

나는 미리 준비했던 것처럼 말이 쏟아져 나왔다. 내가 생각해도 참으로 어처구니없는 일이었다. 미친 짓이었다. 감정이 폭발하는 순간에는 누구나 그런지 모르지만 나는 앞과 뒤를 생각하지 못했다. 상대의 움직임에 따라 움직이는 야생동물처럼 반사적이었다. 본능적이었다.

"나도 더러워서 그만 둔다!"

더할 말이 생각나지 않은 나는 파이프렌치를 바닥에 내던지고 돌아섰다. 집으로 향하는 나의 발걸음은 무거울 수밖에 없었다. 후회가 되었다. 아내를 생각하니 눈물이 났다. 나보다 더 실망할 것을 생각하니 정말 못난 내가 밉고 또 미웠다.

아내를 울리는 일은 절대로 하지 않겠다고 속으로 결심하고 또 했는데 아내 대할 면목이 없었다. 돌아가서 무릎 꿇고 빌까도 생각해 봤지만 그건 소용없는 일임을 나는 잘 안다. 설혹 용서된다 할지라도 그건 내가 견디지 못하는 성격이다. 나는 나를 잘 안다. 강한 사람에게는 강하지만 약한 사람 앞에서는 어린아이처럼 약하다.

"오늘은 왜 혼자유?"

집으로 들어가는 골목 앞에 포장마차로 들어섰다. 아내와 가끔 들르던 곳이다.

"아주머니 소주 딱 한 잔만 주세요. 돈을 안 가지고 나왔어요."

"어느새 사랑싸움이유?"

"아니요."

"그렇게 사는 게 부부라우. 아웅다웅해 가면서."

잔을 비우자 아주머니는 다시 잔을 채웠다.

그러기를 몇 차례, 취기에 의존하려 했지만 정신은 더욱 또렷했다.

"웬 일이예요?"

아내가 깜짝 놀랐다.

"당신 보고 싶어서."

"무슨 일 있었지요?"

되도록 여유를 보이려 했지만 아마도 표정은 연기를 따르지 못했나 보다.

"무슨 일인지 모르지만 흔들리지 말아요. 어머니가 계시고 내가 있

아내는 나의 과거를 다 안다. 나는 그것부터 고백했다.
숨길 필요도 없었지만 숨겼다가 나중에 알게 되면 그것이 더 큰 충격이라고 생각했다.
그래서 일이 잘못 되더라도 미리 알려야 한다고 생각했던 것이다.
"고마워요!"
나는 아내의 손을 힘껏 잡았다.

지 않아요."

아내는 나의 과거를 다 안다. 나는 그것부터 고백했다. 숨길 필요도 없었지만 숨겼다가 나중에 알게 되면 그것이 더 큰 충격이라고 생각했다. 그래서 일이 잘못 되더라도 미리 알려야 한다고 생각했던 것이다.

"고마워요!"

나는 아내의 손을 힘껏 잡았다.

도무지 잠이 오지 않았다. 직장을 떠날 때는 먼저 다른 직장을 구하고 사표를 내던가, 그냥 떠나던가 하는 게 상식이요, 사실 그런 경험은 없었지만 늘 그런 생각이었는데 그것마저 잊었다는 게 여간 바보스러운 게 아니었다.

그는 법대 출신이었다. 군대도 장교로 제대했다. 그래서 그는 모든 일을 명령조로 했다. 잔소리를 시작하면 이게 잔소리인지 강연인지 분간하기 어려웠다. 다리가 저릴 정도로 시간도 길었다.

나의 경솔한 행동에 이 같은 명분을 찾아보았지만 그래도 직장을 잃은 것에 대해서는 열 번 잘못했다는 생각이 들었다.

그리고 결혼식 날 그의 처신에 대해서도 그렇다.

아침부터 시간을(휴가) 내줄 줄 알았는데 말이 없었다. 속이 타기 시작했다. 말을 해 볼까 생각을 하다가 그 정도의 상식과 인정은 있을 거라고 믿었다. 그래서 일부러 연장을 들고 카운터 앞을 몇 번이고 지나기도 했다.

결국 예식시간 두 시간 전에서야 가보라고 했다. 추접스럽다고 할지 모르지만 혹시나 하고 봉투를 기다렸다. 동네사람 잔치가 있어도 부조라는 게 있는데 명색이 자기 직원인 데다 기관장이 아닌가. 창피스럽게도 아무것도 없었다.

하객이래야 열 명도 안 되지만 거기서도 아무것도 없었다. 물론 사장은 생각지도 않았지만 할 일 없는 지배인(사장친구)이라도 보내지 않을까 하는 어리석은 기대를 했었다. 그리고 휴가 하루를 남기고 돌아왔는데도 왜 하루 더 쉬지 않았느냐는 인사도 없었다. 당연한 걸로 생각하는 눈치였다.

하객이래야 열 명도 안 되지만 거기서도 아무것도 없었다.
물론 사장은 생각지도 않았지만 할 일 없는
지배인(사장친구)이라도 보내지 않을까 하는 어리석은 기대를 했었다.
그리고 휴가 하루를 남기고 돌아왔는데도
왜 하루 더 쉬지 않았느냐는 인사도 없었다.

장을 따로 만들어서 이야기할까 했는데 기왕에 결혼 이야기 끝이니 간단하게 요점만 짚고 넘어갈까 한다.

한 마디로 나의 결혼은 무모한 모험이요, 무책임한 결정이었다. 지금까지 해 온 이야기를 보면 알겠지만, 첫째 나에겐 남의 식구를 데려다 먹일 만한 기반이 없지 않은가. 둘째 미래를 바라볼 수 있는 배움도 없다. 인물이 밥 먹여 주는 건 아니지만 인물도 없다.

후일 아내도 자주 한 말이지만 솔직한 성품 하나밖에 볼 것이 없었다고 했다. 선을 보는 자리에서 나는 나의 모든 걸 밝히고 앞으로 열심히 살도록 노력하겠다고 했다. 다른 사람들은 모두가 손끝에 물 안 묻히도록 호강시키겠다고 했는데 나만 그런 말을 하지 않고 손잡고 노력하자고 했다는 것이다.

결혼 전 나는 모든 것을 갖추지 못한 것에 대한 열등감이 있었다. 그래서 상대의 조건을 따지지 않았다. 지금 세대들이야 연상의 여인도, 과거가 있어도 어린애까지 있어도 서로가 좋으면 그만이지만 내가 자란 시대는 그렇지 않았다.

하지만 나는 지금 세대들보다 훨씬 앞서서 오늘날과 같은 결혼관을 가지고 있었다. 오버하는지 모르지만 주위에서 여자 이야기를 할 때마다 선을 보는 것마저도 없어도 되는 절차라고 했다. 나 같은 사람을 좋다고 하는 사람이라면 무조건 고맙고 그의 성품을 짐작할 수 있기 때문이다.

나에게 여성의 외모는 아무런 의미가 없다. 마음 하나면 됐다. 그리고 나는 평소에 여자에 대한 자신 하나가 있었다. 그것은 진심과 정성을 다해 사랑하는 것이었다. 교도소에서 보았지만, 몇 달 또는 몇 년이 못가서 헤어지는 부부들을 보면 바로 그 진심을 다한 애정이 없었기 때문이었다.

"사랑이 밥 먹여 주냐?"

옳은 말이다. 굶고 앉아서 사랑할 수 없는 것이다. 생존이 먼저다. 그런데 나는 순간의 감정을 참지 못해서 생존의 조건을 잃어버린 것이다. 인간은 궁극적으로 생존을 위해 방황하는 존재에 지나지 않는 것이다.

80평생(2019년 현재) 중에 나는 25년 동안 직장 생활을 했고, 14번의 직장을 옮겨 다녔다. 모두가 내가 원해서가 아니라 직장의 사정 때 나에게 여성의 외모는 아무런 의미가 없다. 마음 하나면 됐다.
그리고 나는 평소에 여자에 대한 자신 하나가 있었다.
그것은 진심과 정성을 다해 사랑하는 것이었다.
교도소에서 보았지만, 몇 달 또는 몇 년이 못가서 헤어지는 부부들을 보면
바로 그 진심을 다한 애정이 없었기 때문이었다.

문이었다. 비교적 안정을 기할 수 있는 회사는 법적 절차가 까다로웠다. 신원증명이 있거나 재정 보증이 있어야 했다. 허나 나에겐 그것이 없었다. 그런 조건을 따지지 않는 회사들은 대부분 부도 직전이거나 월급이 제때에 나오지 않거나 사람이 견딜 수 없는 작업 환경이었다. 그나마도 퇴직금 날리고 몇 개월 월급 날리는 일은 애초부터 각오해야만 했다.

사람들은 고용노동부가 이런 문제를 해결해 준다고 하지만 대기업 근로자들은 몰라도 2,30명 미만의 회사에서는 그림의 떡이다. 어차피 시간만 낭비할 바엔 법원으로 직접 가는 것이 지름길이다. 그러나 거기에서도 일찍 포기하는 것이 현명하다. 대질조사, 확인조사, 몇 번의 유찰 끝에 낙찰이 된들 거기에서도 시간 끌기에 지치고 나면 애초부터 포기하지 못한 것이 후회된다.

지금도 그런 곳이 있는지 모르지만 루빙회사 같은 데는 작업의 특성상 하루 16시간을 해야만 했다. 그것도 나는 감사했다. 새벽 3시에 양주시 회암리 투바이고개와 포천군 물어고개를 자전거로 넘기도 했다. 60리길 이었다. 소나기가 오는 날, 아니면 눈보라가 치는 날 솔직

히 나는 소리 내어 울기도 했다.

'얼마를 더 울어야 눈물이 마르려나' 하는 탄식이 나왔다. 세상을 원망도 많이 했다. 살고 싶지 않을 때도 많았다. 결국 삶에 대한 미련이겠지만 나만 바라보는 아내와 딸이 가여웠다. 명절에나 휴일에 쉬는 것은 나에게는 사치였다. 어쩌다 일을 못하는 날이 있으면 일당을 손해 본다는 생각이 아니라 내 주머니에서 돈이 빠져 나간다는 심정이었다.

2002년 예순두 살이 되면서 나는 직장이란 곳을 아주 떠나야만 했다. 지금은 70이 넘어도 나라에서 일자리를 구해 주지만 당시에는 그런 제도가 없었다. 나는 젊어서 하지 못한 여행이나 하다가 죽을 마음으로 아내에게 모든 것을 넘겼다. 물론 그 전에도 땅도, 집도, 통장까지도 다 아내의 이름으로 되어 있었다.

많지는 않지만 아내는 나의 도움 없어도 살 수 있으니 바람이나 쏘이다가 돌아오라고 했다. 집 떠난 지 3일만이었다. 나는 깜짝 놀라 집으로 돌아왔다. 사치라는 생각이 들었다. 아내는 울면서 나를 맞이했다. 떠날 때는 울지 않던 아내였다. 아마도 나를 떠나보낸 마음이 외

솔직히 나는 소리 내어 울기도 했다.
'얼마를 더 울어야 눈물이 마르려나' 하는 탄식이 나왔다.
세상을 원망도 많이 했다. 살고 싶지 않을 때도 많았다.
결국 삶에 대한 미련이겠지만 나만 바라보는 아내와 딸이 가여웠다.
명절에나 휴일에 쉬는 것은 나에게는 사치였다.

로웠던 모양이다.

돌아온 나는 건설현장에 길을 열었다. 처음에는 나이가 많다고 그곳에서도 탐탁지 않게 생각했으나 시간이 가면서 인식이 달라졌다. 내가 다녀온 현장마다 다음날 꼭 이 아저씨를 다시 보내달라고 부탁했던 것이다.

열 명 스무 명 몰려가는 아파트 현장이나 상가 현장에는 일이 쉽지만 조적, 미장, 설비, 목수 같은 단독주택 현장에는 일이 몇 배나 힘든 곳이다. 젊은 사람들도 하루만 가면 못 간다고 하는데 나는 말없이 다녔다.

대개 젊은 사람들은 하루 일하면 이틀 노는 게 보통인데 나는 4년 동안 하루도 쉬지 않았다. 인원 조달에 애로가 많은 용역사무실에서도 최대한 성의를 베풀었다. 아내는 나의 건강을 걱정하며 쉬어가면서 일을 하라고 했다.

그러나 나는 일할 시간도 없는데 쉴 시간이 어디 있느냐고 했다. 딸네미도 언제까지 일을 할 거냐고 걱정했다. 나는 죽는 그 순간까지 일한다고 했다.

사실 나는 중풍 걸린 팔십 이 몸으로 한 달 66만원의 월급을 받고 일을 하고 있다. 요양보호사로 2급 장애에다 3급 요양 등급을 받은 아내를 돌보는 일이다. 아무리 시설 좋은 요양원도 부족함이 많은 내 집만은 못한 것이다. 직장 다닐 때의 일이지만 야근한 날이면 오전에만 잠깐 눈을 붙이고 오후에는 산동네로 연탄 배달을 했었다. 그것이 없을 때는 박스도 주웠다.

박정희 전 대통령이 먹고 살라고 만들어준 재건대 구역에 잘못 들어갔다가 시비가 붙기도 했다. 봉급은 거의 손도 대지 않았다. 회사의 연장근무 수당과 부업(연탄배달)으로 충당했다. 부자가 되겠다는 생각은 해 보지도 않았다. 노후에 병원에 가서 죽는 것이 꿈이었다. 나는 죽도록 벌고 아내는 죽도록 아꼈다. 두고도 배고픈 날이 많았다.

신혼 때 쓰레기통에서 주워다 준 치마를 27년 동안 입은 아내였다. 건설 현장 잡부일당이 20만원 할 때 나는 3만원을 받고도 일했다. 그나마도 감사했다.

"필요하면 만들어라!"

이것이 나의 좌우명이다. 뒤돌아보면 지나온 세월 모두가 나의 전

"필요하면 만들어라!"
이것이 나의 좌우명이다.
뒤돌아보면 지나온 세월 모두가 나의 전성시대였다.
그리운 시절이다. 다시 올 수 없는 시간이기 때문이다.
그러기에 후회하지 않는 추억을 가지려면 지금 최선을 다해서 살아야 한다.

성시대였다. 그리운 시절이다. 다시 올 수 없는 시간이기 때문이다. 그러기에 후회하지 않는 추억을 가지려면 지금 최선을 다해서 살아야 한다.

그러나…, 신의 노여움이 남아 있었다.

1996년 4월 나를 홀라당 벗기어 거리로 내몰았다. 화재가 난 것이다. 소방서와 경찰의 공식적인 발표는 원인미상의 화재로 젊은 여인의 사망은 가스 질식사라고 했지만 나는 안다. 그의 남편도 안다. 살인을 은폐하기 위한 방화였음을…. 그래도 나는 절망하지 않았다. 56세란 젊음이 있었고 땅은 살아 있었으니까.

이 모든 의지는 어머니로부터 물려받은 유산이다.

나는 어떤 어려움에도 굴복하지 않았다.

25
끝나지 않은 형벌

아내와 살아온 세월이 어느덧 42년이 되었다. 10년, 20년을 함께 살지 못한 부부들에 비하면 축복받은 부부다. 그러나 진정 축복이라 보기에는 부족함이 없지 않다. 행복이라는 조건이 전제되어야 한다고 본다. 물론 행복이란 수학 공식과 같은 것은 아니다.

입장 따라 다르며 같은 입장이라 할지라도 마음가짐에 따라 다를 수 있다. 42년 결혼 생활 중에 십년 넘게 병마에 시달리며 살았다면 행복했다고 말할 수 있겠는가.

아내는 수술, 비수술이란 이름으로 몸에 칼을 댄 것이 열 번도 넘고 흔히 말하는 종합병원이 아니라 의학 사전이다. 사진상으로 골절이 된 것만도 열 번이 넘고 투석이란 인공신장에 의존해 산 것이 7년이 넘는다. 그리고 휠체어에 얹혀 산 것이 5년째이며 자신의 손으로 할 수 있는 것이 아무것도 없다. 사람들은 식물인간이라 하면 의식 없고 감각 없는 상태를 말하지만 나는 아니다. 자기 의지대로 살 수 없고 희망이 없다면 이미 죽은 인생이라고 본다.

그런데 이 모든 사건들이 불가항력적인 것들이 아니라 미리 위험성을 알고 그곳에 가지 마라, 가지 마라, 그 일은 하지 마라, 하지 마라며

가지 마라, 그 일은 하지 마라, 하지 마라며 당부 또 당부를 했는데도
기어이 내 말을 묵살하고 일을 저지른 데
분노가 일고 소름이 끼치고 앞길이 막막했던 것이다.
아내가 미워지기 시작했다.
나와 무슨 원수가 졌다고 이다지도 나를 괴롭히나 싶은 생각이 들기도 했다.
솔직히 후회도 되었다.

당부 또 당부를 했는데도 기어이 내 말을 묵살하고 일을 저지른 데 분노가 일고 소름이 끼치고 앞길이 막막했던 것이다. 아내가 미워지기 시작했다. 나와 무슨 원수가 졌다고 이다지도 나를 괴롭히나 싶은 생각이 들기도 했다. 솔직히 후회도 되었다.

논, 밭 빼고 과수원만 구천 평을 가졌다는 4살 위의 연상의 여인이 있었다. 과거가 있었다. 아이를 못 낳는다고 이혼을 당했다. 위자료도 있다고 했다. 그런 여인이 무엇 때문에 나 같은 사람을 좋다고 했겠는가. 자신의 상처도 위로 받고 싶었으나 나의 상처도 어루만져 주고 싶은 모성애가 작용했을지도 모른다.

그런데 나는 대답을 하지 못했다. 어디에선가도 말했지만 나의 결혼관과 자녀관은 몇 십 년 세대를 앞서가고 있었다. 상대가 흠이 될 게 없었다. 그러나 아내를 만난 때문이었다. 서로 간에 약속도 없었다. 단지 소개자를 통해서 나는 좋다고만 했을 뿐이다.

그래서 나는 그 말을 약속으로 믿었고 책임져야 한다고 생각했다. 허나 아내는 나를 두 번째 만나자고 했을 때 거절하기 위해서였는데 솔직하고 당당한 나의 태도에 마음이 바뀌었다고 했다.

앞서 언급한 여자 이야기가 흥미를 위해서 지어낸 말이라고 오해할지 몰라서 밝히는 바인데 그녀는 임옥인 선생님이 소개했고, 문하생이기도 한 강○○이라는 여인이었다. 증인으로 본인이 있고 임 선생님의 조카며느리가 있다.

누구나 한 번은 꼭 갖는 심정이지만 결혼 초에는 세상의 그 누구도 부럽지 않고 오직 배우자만을 위해서 무엇을 할까만을 생각할 때다.

지나간 일이지만 누가 비교되겠는가. 허나 아내의 잦은 사고로 인해서 나는 갈등하기 시작했다. 결혼을 후회한 게 아니라 밥 짓고, 빨래하고, 씻기고, 병원 동행 아니면 함께 입원을(보호자로) 하지 않으면 안 될 때, 내 인생 어디 갔느냐고 속으로 외치며 정신적으로 방황했다.

일종의 자학인지는 모르겠지만 살인사건과 결부하기도 했다.

형기는 끝났는데 형벌은 언제 끝날 것이냐고 믿지 않는 신을 원망하기도 했다. 아내가 입원할 때마다 멀쩡하던 이가 하나씩 빠져 나갔다. 치과에서도 너무 튼튼해서 손댈 곳이 없다고 하던 이가 일곱 대씩이나 빠져 나갔다. 급기야는 우울증에 걸려 나도 모르게 일을 저지르 아내의 잦은 사고로 인해서 나는 갈등하기 시작했다.
결혼을 후회한 게 아니라 밥 짓고, 빨래하고, 씻기고,
병원 동행 아니면 함께 입원을(보호자로) 하지 않으면 안 될 때,
내 인생 어디 갔느냐고 속으로 외치며 정신적으로 방황했다.

고야 말았다. 사실 의사가 그렇다니까 그런가 보다 하는 거지, 나는 지극히 정상이라고 믿는다.

"노후가 걱정되는가?"

"그렇다."

"오랜 질병이 두려운가?"

"그렇다."

"자녀들에게 짐이 되어서는 안 된다고 생각하는가?"

"그렇다."

'당연한 걱정들이지, 어째서 우울증이란 말이냐.'

아무튼 딸의 말에 의하면 3일 만에 깨어났다고 하는데 침대 옆에는 휠체어를 탄 아내가 졸고 있는 건지, 아니면 탈진한 건지 고개를 옆으로 떨어뜨리고 있었다. 순간 나는 정신이 번쩍 들었다. 내가 무슨 일을 저질렀는가를 깨달았다.

그것은 세상의 그 어떤 가혹 행위보다도 잔인하고 가혹한 폭력 행위라는 사실이었다. 가장으로서 가장의 책임을 포기하는 것은 가족의 생명까지도 포기하는 행위라고 생각했다. 사실 나는 자살문제에 대해

서 많은 것을 생각했었다. 내가 죽는다는 게 아니라 재산도 명성도 건강도 다 필요한 만큼 가진 사람들의 죽음 말이다.

첫째는 자살은 아무나 할 수 없다는 생각과 영웅심이 있어야 한다고 본다. 둘째는 정신적, 육체적으로 헤어날 수 없는 막다른 골목에 처해졌을 때 선택하는 것이라 본다. 셋째는 죽음에 대한 희열을 느끼고 세상 천지에 나 홀로라는 외로움을 느껴야 한다. 그리고 스스로 존재 가치를 잃었을 때 생길 수 있는 일이라고 생각했다.

첫째의 경우 노무현 전대통령이 이에 해당한다고 본다. 새까만 후배들에게 굴욕을 당하느니 차라리 영예스러운 죽음을 택했을 것이다.

둘째의 경우 헤밍웨이, 마릴린먼로라고 본다. 마지막 정상까지 오르고 보니 인생이 허무했을 것이다.

셋째의 경우 나 같은 존재가 아닌가 싶다.

헌데 나는 이 모든 조건들을 다 가지고 있었다. 나는 아내의 등에 손을 얹었다. 무언의 사과였다. 아내는 눈을 떴다.

"여보, 내 곁에는 당신이 있어야 돼."

정신이 나느냐고 묻는 게 아니라, 아니면 죽지 않고 왜 살았느냐고

가장으로서 가장의 책임을 포기하는 것은
가족의 생명까지도 포기하는 행위라고 생각했다.
사실 나는 자살문제에 대해서 많은 것을 생각했었다.
내가 죽는다는 게 아니라 재산도 명성도 건강도
다 필요한 만큼 가진 사람들의 죽음 말이다.

성질을 내는 게 아니라 깊이 생각한 말이었다. 평소의 성격이라면 그러고도 남을 아내였다. 말의 여과가 없는 아내였다. 대중 앞에 가면 제일 조마조마한 게 그것이었다.

그랬던 아내가 엉뚱하게 변했다. 무슨 일이 있으려면 징조라는 게 있는데 아마도 그러려고 그런 모양이다. 그 일이 있던 며칠 후 아내는 또다시 쓰러졌던 것이다. 헌데 이번만은 아내의 잘못이 아니었다. 멀쩡한 현관에서 쓰러졌는데 이번에는 고관절 골절이었다. 육안으로도 골절 부위가 어긋나 있었는데 복잡한 검사가 있었다.

뇌혈관도 막힌 곳이 있다고 했다. 수술 후 새로 나온 진단에는 치매 초기 증상도 있다고 했다. 의사는 사고 경위를 의학적인 측면에서 설명해 주지 않았다. 하지만 나는 먼저 뇌경색이 옴으로 쓰러졌다고 판단했다.

그런데 의사는 수술을 할 수 없으니 다른 병원으로 가라는 것이었다. 대학병원에서 다른 병원으로 가라면 무엇을 의미하는가? 마취 경력이 너무 많아서 깨어날 확률이 30% 밖에 되지 않는다는 것이었다.

"교수님, 살려 주십시오."

나는 부끄러움도 잊은 채 무릎을 꿇었다. 아마 다른 사람이 그랬다면 쇼한다고 했을 것이다. 그러나 나는 진심이었다. 꼭 살려야 한다고 결심했다.

"글쎄 이러신다고 될 일이 아니에요."

그는 밀치듯 나를 비켜 병실을 나갔다. 회진시간이 바쁜 걸 아는 나는 더 이상 매달리지 않고 편지를 썼다.

의정부 성모병원 박원종 교수님께

지금까지는 나를 위해서 아내를 살려 왔지만

지금은 아내를 위해서 살리고 싶습니다.

교수님은 하실 수 있습니다.

절대로 사고는 일어나지 않습니다.

만일 잘못 된다고 해도 원망이나 민형사상 책임을 묻지 않고

오히려 감사하게 생각할 것입니다.

아내를 살려 달라고 애원하는 마당에 아내의 죽음을 감사하겠다는

나는 평소 인간의 죽음에 대해서 고통 없는 죽음이 어디에 없을까 하고 늘 생각해 왔다.
아마도 이것은 나뿐만이 아닐 것이다.
모든 사람들의 희망일지도 모른다.
'잠들었다 깨어나지 않으면 얼마나 좋겠느냐' 하는 말이 거저 생긴 게 아니라고 본다.
바로 존엄사 내지는 안락사를 의미하는 것이 아닌가.

말은 모순 중에 모순이지만 나는 평소 인간의 죽음에 대해서 고통 없는 죽음이 어디에 없을까 하고 늘 생각해 왔다. 아마도 이것은 나뿐만이 아닐 것이다. 모든 사람들의 희망일지도 모른다. '잠들었다 깨어나지 않으면 얼마나 좋겠느냐' 하는 말이 거저 생긴 게 아니라고 본다. 바로 존엄사 내지는 안락사를 의미하는 것이 아닌가.

그럼에도 불구하고 법과 종교에선 그것을 불법 또는 죄악시하고 있다. 그러나 나는 그 법과 종교 정신이 인간의 생명을 존엄하게 하는 게 아니라 오히려 고통을 주는 가혹행위라고 본다. 존엄사 또는 안락사에 대해서 요즘 논란이 되고 있지만 죽을 수밖에 없는 사람을 계속 붙들고 있는 것은 병원을 위한 것이지 환자를 위한 것이 아니다. 진정 환자를 위한 것이라면 병원비를 못 내서 쫓겨나는 환자는 없어야 할 것이다.

가족에게 받는 수술동의서는 환자는 죽더라도 병원비는 내라는 각서이다. 만일에 있을 사망에 대한 병원의 보호 장치일 뿐이다. 관계기관에서 명예훼손이다. 아니면 허위사실 유포다 하고 나를 고발할지도 모른다. 나는 거기에 대해서는 할 말이 있다.

연탄가스 중독으로 의식을 잃은 아내를 병원으로 업고 갔으나 입원 보증금 10만원이 없어서 응급실 복도에 오전 내내 방치됐던 일이 있었다. 그것도 일반병원이 아닌 대학병원에서다.

잠시 후에 연락이 왔다. 수술하기로 결정을 했노라고.

민형사상의 책임을 묻지 않겠다는 말보다 '선생님은 하실 수 있습니다. 절대로 사고는 일어나지 않습니다' 라고 한 것이 의사의 마음을 움직였다고 인턴이 말했다.

그런데 정말 수술 시간은 의외로 길었다. 아침 일찍 수술실에 들어간 사람이 창문에 어둠이 비칠 때까지 소식이 없었다. 똑같은 환자에 그 의사는 물론 아니겠지만 여러 사람의 수술 환자가 나왔다. 마음이 초조해지기 시작했다. 잘못 됐으면 잘못 된 대로 알려 주었으면 좋겠다는 생각이 들었다.

"이연희 환자, 보호자 분!"

수술실 문이 열리며 파란 수술복을 입은 의사가 나를 찾았다.

'올 것이 왔구나' 하고 나는 오히려 마음을 차분하게 가라앉혔다.

그런데 정말 수술 시간은 의외로 길었다.
아침 일찍 수술실에 들어간 사람이 창문에 어둠이 비칠 때까지 소식이 없었다.
똑같은 환자에 그 의사는 물론 아니겠지만 여러 사람의 수술 환자가 나왔다.
마음이 초조해지기 시작했다.
잘못 됐으면 잘못 된 대로 알려 주었으면 좋겠다는 생각이 들었다.

"수술은 잘 됐는데 회복이 조금 늦어졌어요."

안내자는 수술실 한쪽 옆에 있는 침대를 가리켰다.

"여보, 수고했어!"

아내는 눈을 뜨고 있었다. 손은 차가웠다. 대답도 없었다.

"가시지요."

어느새 갈색 복장의 조무사가 나타났다.

"뒤를 잡고 따라오세요."

"자주 보네요."

좋은 일은 아니지만 낯익은 얼굴이었다. 입원 때마다 만나다시피 했었다.

"보호자 분은 여기 계세요."

일반병실이 아니라 중환자실 앞이었다.

"혹시 찾으실지 모르니까 멀리 가지 마세요."

그는 아내를 두고 밖으로 나왔다.

나는 중환자실이 바라다 보이는 복도에 털썩 주저앉았다. 멀리 갈 데도 없었지만 갈 수도 없었다. 너무 피곤해서 눕고 싶었다. 긴 의자라도 있었으면 좋겠다는 생각을 했다.

"이연희 보호자 분 계세요?"

중환자실 문이 열리며 간호사가 물었다.

"네, 여기요!"

나는 가슴이 철렁하고 내려앉았다.

"저기 의료기 파는 데 가셔서 안전대 두 벌만 사다 주세요. 안전대라고 하면 알아요. 기저귀두요."

간호사는 한마디 이르고 안으로 사라졌다.

나는 허겁지겁 구내에 있는 의료기 판매소로 달려갔다. 평상시에 자주 보던 곳이라 헤맬 필요가 없었다. 나는 급히 돌아와서 벨을 눌렀다. 밖에서는 열 수 없는 문이었다.

"……."

문이 열리며 간호사가 물건을 받아갔다. 나는 본래의 자리로 돌아와서 털썩 주저앉았다.

"들어가 보세요."

누군가 어깨를 찔렀다. 담당 교수였다. 아마도 졸았던 모양이다. 면문이 열리며 간호사가 물건을 받아갔다.
나는 본래의 자리로 돌아와서 털썩 주저앉았다.
"들어가 보세요."
누군가 어깨를 찔렀다. 담당 교수였다. 아마도 졸았던 모양이다.
면회시간이 아니면 안 되는데 특혜를 받았다.

회시간이 아니면 안 되는데 특혜를 받았다.

"여보! 정신 좀 들어?"

아내의 침대는 자리를 잡지 못하고 간호사들이 앉아있는 책상 앞에 있었다.

"여보, 나 이것 좀 풀러줘!"

"아! 살았구나!"

그새 아내는 의식이 돌아와 있었다.

"풀어드리지 마세요. 안정이 필요하니까."

아내의 말을 들은 간호사가 말했다. 환자의 마음을 편하게 하는 것이 안정일까, 육체적 속박이 안정일까 조금은 혼란스러웠지만 치료상 필요하다니까 간호사의 말을 들을 수밖에 없었다.

"조금만 참아요, 일반 병실로 갈 테니까."

나는 아내를 안심시키려 했다.

"개소리하고 있네."

나는 몹시 놀랐다. 상상도 못할 욕이었다.

"저년 나쁜 년이야, 나를 때렸어."

다음 말은 더욱 충격적이었다. 나는 놀라고 미안한 마음에 간호사를 바라보았다.

"수술 충격에 의한 일시적인 현상이에요. 회복되면 나을 거예요."

간호사들은 태연했다. 오히려 나를 안심시켰다.

"미안합니다. 대신 사과할게요."

"아니에요. 항상 겪는 일이에요."

그로부터 3일후 아내는 일반 병실로 옮겨졌다. 문제는 그때부터였다. 아내는 밤새도록 잠을 자지 않고 수선을 피웠다. 집에 간다며 침대에서 내려오려 했다. 아내의 안정도 절대적으로 필요하지만 나도 눈을 붙여야 하겠기에 침대 둘레로 줄을 띠우면 더욱 야단이었다. 옆의 환자들은 내가 먼저 쓰러지겠다고 걱정을 하면서도 항의하기 시작했다.

하는 수 없이 나는 휠체어를 끌고 복도로, 휴게실로, 대기실로 날이 새도록 헤매야 했다. 문제는 쓰러지기 직전의 나보다 지난밤에 있었던 사실을 아내가 하나도 기억하지 못한다는 사실이었다. 그럼에도

하는 수 없이 나는 휠체어를 끌고
복도로, 휴게실로, 대기실로 날이 새도록 헤매야 했다.
문제는 쓰러지기 직전의 나보다 지난밤에 있었던 사실을
아내가 하나도 기억하지 못한다는 사실이었다.
그럼에도 옆의 환자들은 간호사실을 통해서 다른 병실로 옮겨 달라고 했다.

옆의 환자들은 간호사실을 통해서 다른 병실로 옮겨 달라고 했다.

너무 야박하다는 생각이 들었지만 어쩔 수가 없었다. 그래도 중증 환자는 이해하는 편이었으나 경증에 속하는 환자들이 더욱 야단이었다. 경증 환자들은 대부분 성형 수술자들이었다. 이상한 생각이 들었다. 성형 수술이라고 하면 우선 얼굴이 못나고 신체 어딘가 부족한 곳이 있어서 받는 수술인 줄 알았는데 그게 아니었다. 어디다 내다놓아도 미인이요 나무랄 데 없는 균형 잡힌 몸매들이었다. 모순이란 생각이 들었다. 하기야 우리 사회에 모순이 이것뿐일까만.

세금 안 내는 세무원, 적십자회비 안 내는 적십자 총재, 건강보험료 안 낸 복지부 장관 후보자, 10억 자산 의원께서 1억 먹은 장관 후보자 망신 주는 것. 지금이야 그런 일 없겠지만 40년 전 교통경찰관 3년에 아파트 사지 못하고, 세무공무원 3년에 빌딩 사지 못하면 바보 천치라는 말도 있었다. 인물은 많은데 일꾼이 없는 우리 사회 대통령들도 뇌물을 먹는다니…….

급행요금이라 해서 행정기관에 민원을 제기하자면 서류 밑에 봉투가 있어야만 했던 시절은 불법시대가 아니었다. 실제로 나도 16평짜리 농가 주택을 짓는 데 결국 반년이나 걸렸고, 봉투를 건네고서야 허가가 떨어진 경험이 있다.

2주일이 지났다. 퇴원 명령이 떨어졌다. 날벼락이었다. 아직 뼈도 붙지 않은 것은 물론 수술 자리도 아물지 않은 상태가 아닌가 말이다. 전에는 퇴원을 하자면 담당 교수의 눈치를 봐야 했는데 반대로 매달려도 안 된단다. 정부 방침이란다.

종합병원의 과잉진료와 가짜 보험환자들을 막기 위한 조치란다. 하도 여러 번 뉴스에서 보았기에 이해가 가지만 예외 규정이 있었으면 하는 아쉬움도 없지 않았다. 하긴 그렇게 되면 도로아미타불이 되고 말 것이다. 우리의 의식 수준이 그것밖에 안 된다는 사실을 나는 안다.

허나 퇴원 날짜를 미리 알려 줄 수는 있지 않았을까. 그랬으면 시간을 두고 갈 곳을 찾아볼 수 있었을 텐데 너무 갑작스럽다 보니 여간 당황스러운 게 아니다. 헌데 정보는 가까운 곳에 있었다.

요양원을 몇 군데 다녀온 할머니가 있었다. 그는 고맙게도 가족들

2주일이 지났다.
퇴원 명령이 떨어졌다. 날벼락이었다.
아직 뼈도 붙지 않은 것은 물론 수술 자리도 아물지 않은 상태가 아닌가 말이다.
전에는 퇴원을 하자면 담당 교수의 눈치를 봐야 했는데 반대로 매달려도 안 된단다.
정부 방침이란다.

을 통해서 관내에 있는 요양원 주소를 가져다주었다. 주소록을 본 나는 깜짝 놀랐다. 요양보호사 시험을 위해서 몇 군데 실습을 다녔을 때 이처럼 요양원과 요양병원이 많다는 이야기를 들어본 적이 없었다.

나는 문득 1950년대 다방이 많으냐, 사창이 많으냐 하고 그들에게 붙어사는 할 일 없는 놈팽이들의 퀴즈놀이하던 때가 생각났다. 신붓감이 서울로 도망갔다는 노래가 유행이 될 만큼 시골 처녀들이 무작정 서울로 올라오면 그들이 가는 코스가 거의 정해져 있었다. 사창이나 다방이었는데 굳이 지명까지 따진다면 지방으로는 평택, 성환, 오산, 의정부, 동두천, 파주 용주골 등이 되겠고, 서울에는 양동, 도동, 미아리, 월곡동, 청량리 등이다.

어쩌다 그런 데 길을 잘못 들어섰지만 이 악물고 피눈물 나게 산 여인네들은 지금 세놓고 사는 아파트가 몇 채씩 되지만 언제까지나 젊을 줄 알고 쉽게 산 여인네들은 수급자 신세를 면하지 못하고 산다.

늘어나는 노인 인구와 부부가 함께 벌지 않으면 살기 어려운 사회구조가 되다 보니 어린이집과 요양원, 또는 요양병원이 놀랍도록 늘어났다. 시대에 눈 밝은 기막힌 상술이 아닌가 싶다.

'돌아올 수 있을까! 아니면 이 길이 마지막 길이 되는 건 아닐까!'

전화로 연결된 요양병원을 찾아가면서 나는 자꾸만 이런 생각이 들었다. 무슨 일이 생기려면 징조와 육감이라는 게 있는데 자꾸만 불길한 생각이 들었다.

이제까지 나는 인간의 죽음에 대해서 아주 담담한 편이었다. 아내의 죽음과 나의 죽음에 대해서도 그랬다. 지구상에 존재하는 모든 생명체는 꼭 한 번은 죽는다는 자연의 법칙을 믿기 때문이기도 했지만, 잦은 아내의 병원생활을 통해서 많은 죽음들을 보아왔기 때문이다. 본인 자신이나 그 가족들이나 너무도 큰 고통 속에서 죽음이란 허무하고 슬픈 길을 가야만 하는 것이 인생임을 너무도 많이 보아왔다.

'인간은 건강할 때 죽어야 한다.'

나는 언제부터인가 이런 생각이 가슴을 채우고 있었다. 모순 같지만 모순이 아니다. 병들어 내 몸 내 마음대로 안 될 때 삶에 대한 아무런 의미를 느끼지 못할 때 죽고 싶어도 죽을 수가 없는 것이다. 가족들에게 짐만 될 때 스스로 죽는 것은 가족들에 대한 가혹 행위가 아니라 애정이다.

이제까지 나는 인간의 죽음에 대해서 아주 담담한 편이었다.
아내의 죽음과 나의 죽음에 대해서도 그랬다.
지구상에 존재하는 모든 생명체는 꼭 한 번은 죽는다는
자연의 법칙을 믿기 때문이기도 했지만,
잦은 아내의 병원생활을 통해서 많은 죽음들을 보아왔기 때문이다.

당장은 슬픔을 느끼겠지만 시간이 가면서 부모의 깊은 뜻을 알게 될 것이다. 다시 말하면 짧은 슬픔 긴 평안이다. 부모의 죽음이 당장은 슬프지만 긴 병으로 오래 살면 힘들다는 말이다. 그러나 내 아내는 나에게 짐이 아니다. 내가 살아가야 하는 이유와 의미다.

솔직히 전에는 아내가 입원만 했다 하면 장례식장에 가서 상담도 했다. 일을 당하고 허겁지겁 당황할 게 아니라 차분히 준비하기 위해서였다. 결혼 예식장처럼 장례 예식장도 안 할 수 없는 필연성 때문에 바가지를 씌우는 곳이라 들었다. 망자를 앞에 놓고 흥정을 하는 것은 사실 망자에 대한 도리도 아닐 뿐더러 보는 사람들의 인식을 편안하게 하지 못할 뿐이다.

나는 아내와 태연히 상담도 했다.

"매장을 할까? 아니면 화장을 할까?"

사실 나에게 매장이란 의미는 조상들이 가신 자리 밑에 들어갈 자리가 없으니 요즘 유행하고 있는 수목장을 의미하는 것인데, 그러면 아내는 망설임 없이 사람의 죽음이란 예측도 장담도 할 수 없는 일이지만 만일 자신이 먼저 죽는다면 화장을 해서 어머니, 아버지 봉분 앞에 뿌려 달라고 했다. 그러면 '연희 왔니?' 하고 반겨 주실 거라고 했다. 그러고는 아내 또한 망설임 없이 되묻는 것이다.

"당신이 죽으면 어떻게 해 줄까?"

그러면 나도 망설이지 않고 동강이 내려다보이는 어느 언덕이면 좋겠다고 했다. 동강은 아내와 몇 번 휴가를 다녀온 곳이기도 하지만 우울증이 심할 때 죽어도 죽지 않는 곳을 찾기도 했던 곳이다. 죽어도 죽지 않는다는 말은 나의 죽음이 그 누구에게도 발견되지 않는 암혈장을 의미한다.

옛날 조상들이 신선이 되어 하늘로 갔다는 말은 바로 그것을 의미하는 것이다. 그만큼 나나 아내는 죽음에 대해서 초연했다. 시험도 확인도 할 수 없는 일이지만 투석을 5일만 받지 않아도 죽을 수 있다는 의사의 말에도 서둘러 준비하라는 또 다른 의사의 말에도 '그렇게 되면 얼마나 좋겠습니까' 하고 농담을 했었다.

그러나 이번만은 아니었다. 꼭 살려야 되겠다는 생각 외에 아무것도 할 수 없었다. 어떤 사정으로 내가 먼저 죽는다면 그것이야 어쩔 수 없지만 아내가 살아있는 한 내가 살아있어야 하듯 내가 살아있는

"당신이 죽으면 어떻게 해 줄까?"
그러면 나도 망설이지 않고 동강이 내려다보이는
어느 언덕이면 좋겠다고 했다.
동강은 아내와 몇 번 휴가를 다녀온 곳이기도 하지만
우울증이 심할 때 죽어도 죽지 않는 곳을 찾기도 했던 곳이다.

한 아내가 죽어서는 안 된다. 과거에 밉던 생각 다 사라지고 가엾기만 했다. 허공만 바라보는 아내의 눈동자를 바라보며 식물인간이 되더라도 살아만 주기를 바라는 마음이었다.

"기사님 부탁 하나 들어주세요, 미안하지만."

어려울 거라 생각하면서 나는 용기를 냈다. 되든 안 되는 말이라도 해 보고 지나가야지, 그냥 지나가기에는 두고두고 후회만 남을 게 뻔하지 않은가. 만일 살아서 돌아오지 못한다면 말이다.

"무슨 부탁인데요?"

기사는 나를 힐끗 쳐다보았다.

"저기 저 앞에 돌담집 보이지요."

"그런데요?"

"미안하지만 저기 좀 잠깐 들러 주셨으면 해서요."

"왜요?"

"거기가 우리 집인데요. 잠깐 들렀으면 해서요. 보시다시피 마지막이 될지도 몰라서요."

마지막이라는 말에 나 자신도 모르게 눈물이 울컥 솟았다. 죽음보다 이별이란 생각에 더욱 그랬다.

"정해진 코스를 이탈할 수가 없는데요. 센터에서 위치 파악을 하거든요"

"알고 있습니다. 헌데 같은 방향에서 바로 길옆이라서…."

나는 미리 준비한 봉투를 기사의 운행일지 파일에다 꽂았다. 내용이야 무엇이 되었든 직접 받은 경우와 간접으로 받은 경우 문제가 되더라도 해석이 달라왔지 않은가. 과일상자나 서랍을 통해서 전달된 정치인들의 뇌물 말이다.

"이러시면 더더욱 곤란합니다."

기사는 봉투를 꺼내어 나의 옆 빈자리에다 올려놓았다.

"오해 마십시오. 이건 금품이 아니라 나의 심정을 독백한 글입니다."

사실 봉투 속에는 나의 형편에 맞춰 사례금을 조금 넣었다. 양심대로 고백하면 뇌물이다. 사례는 감사의 표시지만 이건 요구 조건이 전제되어 있지 않은가. 흔히 권력층에서 받는 금품은 대가성이 없으면 죄가 되지 않는다고 하는데 그런 세상도 있다니 별난 세상이 아닐 수 없다. 어떤 세상에선 대통령 손목에 고랑까지 채우는 데 말이다.

사실 봉투 속에는 나의 형편에 맞춰 사례금을 조금 넣었다.
양심대로 고백하면 뇌물이다.
사례는 감사의 표시지만 이건 요구 조건이 전제되어 있지 않은가.
흔히 권력층에서 받는 금품은 대가성이 없으면 죄가 되지 않는다고 하는데
그런 세상도 있다니 별난 세상이 아닐 수 없다.

"시인이신가요?"

"아니요, 등단은 했지만 수준 미달이란 사실을 알았어요. 그래서 문인협회에서 등록된 이름을 지웠지요."

"시인보다 멋지시네요."

"인생이란 게 그런 게 아닌가요. 힘들게 갔지만 목표까지 가고 나면 허무한 거."

"철학적이시네요. 사람들은 등단을 하려고 얼마나 애를 쓰는데요."

"관심이 있으신가 봐요."

"네 공부 중입니다."

"반갑네요."

"오래 걸리지 마세요."

기사는 집 앞에다 차를 세웠다.

"여보, 여기가 어디지?"

나는 마당에 들어서자 고개를 힘없이 떨어뜨리고 있는 아내의 머리를 바로 세우며 물었다.

"어! 집이네, 우리 집."

아내는 정신을 차리고 사방을 두리번거리다 놀라며 말했다.

"여기는?"

"복도."

우리 집 건물구조는 가정집으로 조금 특이하다. 겨울철 보온을 위해서 현관 앞에다 복도를 만들었던 것이다.

"여기는?"

나는 현관문을 따고 들어가며 물었다.

"당신, 나 이상하게 보는 거야?"

아내가 정색을 했다.

"왜?"

이번엔 내가 물었다.

"왜 자꾸만 그런 걸 물어?"

병원에서 많이 헛소리를 하던 아내라 옆에서는 치매가 온 것이 아니냐고 의심하는 눈치였다. 그러나 나는 믿었다. 시간이 가면 자기 정신으로 돌아올 거라고. 그리고 설혹 치매가 올지라도 아내를 포기할 수 없다고, 다짐하고 또 다짐했다.

"왜 자꾸만 그런 걸 물어?"
병원에서 많이 헛소리를 하던 아내라 옆에서는
치매가 온 것이 아니냐고 의심하는 눈치였다. 그러나 나는 믿었다.
시간이 가면 자기 정신으로 돌아올 거라고.
그리고 설혹 치매가 올지라도 아내를 포기할 수 없다고, 다짐하고 또 다짐했다.

"똑똑히 봐둬."

나는 거실을 지나 안방문을 열었다.

"이제 그만 가자."

나는 휠체어를 돌리고 방문을 닫았다.

"어디로?"

"병원으로."

"병원엔 왜?"

아내는 자기 몸에 대해서 아무것도 모르고 있었다. 수술 자리 통증이라도 느낄 만한데 그런 호소도 없었다. 나는 그게 더욱 불안했다. 가여웠다. 불쌍한 심정을 어떤 말로도 표현할 수가 없었다. 가슴에서 눈물이 거꾸로 쏟아질 뿐이었다. 신을 향한 눈물이었는지 모른다.

"충분히 보셨습니까?"

차로 돌아오자 기다리고 있던 기사가 열려 있는 뒷문으로 휠체어를 밀어 올리며 말했다.

"네 고맙습니다."

"또 어디로 가는 거야?"

아내는 다시 정신이 돌아온 듯했다.

"가 보면 알아."

나는 또 다시 참았던 눈물이 쏟아졌다.

"어디로 가는 거냐니까?"

아내는 차가 움직이자 다시 물었다.

"집보다 좋은 곳으로."

나는 나직이 말했다. 크게 말하면 목소리에 눈물이 섞일 것만 같았다.

"집보다 좋은 곳이 어디 있어!"

그렇다. 인간에게 있어서 집보다 좋은 곳은 없다. 그곳엔 행복이 있다. 사랑이 있다. 시끌벅적한 가족이 있다. 사는 게 너무 힘들다 보니 집보다 좋은 곳이라면 죽음을 의미하기도 하지만.

"고향!"

나는 나도 모르게 고향이라는 말이 튀어나왔다. 인간의 마지막 안식처로 죽음을 염두에 둔 말이었다.

나는 몸을 돌려 아내의 목을 끌어안았다.

아내는 아무것도 모르고 있었다.
이토록 착하기 만한 아내를 이해하지 못했던 지난날들이 후회되었다.
신혼시절 쓰레기통에서 주워다 준 치마도 마다않고 입어준 아내였다.
그것을 27년씩이나 입었다.
어느 날 소각장에 버리며 이야기해서야 알았다.

"당신 왜 이래? 술 먹었어?"

아내는 아무것도 모르고 있었다. 이토록 착하기 만한 아내를 이해하지 못했던 지난날들이 후회되었다. 신혼시절 쓰레기통에서 주워다 준 치마도 마다않고 입어준 아내였다. 그것을 27년씩이나 입었다. 어느 날 소각장에 버리며 이야기해서야 알았다. 그만큼 나는 아내에게 부족했다. 그런데도 아내는 이순자(전두환 전 대통령 부인)보다 행복하다고 했다.

직장 따라 서울에서 시골로 왔을 때 아직 시골에는 부뚜막에 솥 걸고 밥할 때였다. 화장실도 아직 뒷간을 쓸 때였다. 나는 더운 물이 콸콸 나오는(심야전기) 목욕탕을 만들고 수세식 화장실을 만들었다. 집도 내 손으로 지었다.

지나가던 사람들이 집 구경을 하자고 하고 그중에는 미술대학 교수도 있었는데 자신이 꿈꾸던 20년 후의 주거 환경이라고까지 했다. 앞에서 이야기했듯이 잿더미가 되고 말았지만.

"응, 술 먹었어."

눈물을 숨기려고 거짓말을 했지만 결국 울음이 섞이고야 말았다.

차는 점점 산 속으로 들어가고 있었다. 황천길이란 말은 인간이 돌아오지 못하는 죽음의 길을 말함인데 길이 험한 산골에도 따라다니는 이름이다. 지금이야 도로의 발달로 거의 그런 곳은 없지만 가기 싫은 곳을 갈 때는 어울리기도 하는 말이다.

한적하고 공기 좋은 곳을 찾다 보니 자연적으로 자리를 잡게 되었지만 정신병원이나 양로원의 명당이다. 탈주자를 예방하기 위한 효과도 있다. 범죄 은폐의 동조자도 된다. 재산 많은 노부모를 강제로 입원을 시킨다거나 치정문제로 배우자를 입원시킨다든가, 그런 일에 많이 이용되기도 하지 않는가. 요양원과 요양병원도 그렇게 악용되지는 않는지….

부부가 함께 벌지 않으면 안 되는 시대적 상황에서 노부모를 모시기에는 매우 어려운 현실이다. 게다가 지병이라도 있으면 더욱 그렇다. 그런 의미에서 요양원이나 요양병원은 매우 고맙고 필요한 시설이다. 국가 정책에 감사를 드릴만한 일이다. 그러나 국가의 도움을 받고 있는 곳이라면 다 그렇지만 이름만 던져줄 게 아니라 사후 감시 감독도 철저하게 해야 되지 않을까 싶은 생각이다.

부부가 함께 벌지 않으면 안 되는 시대적 상황에서
노부모를 모시기에는 매우 어려운 현실이다.
게다가 지병이라도 있으면 더욱 그렇다.
그런 의미에서 요양원이나 요양병원은 매우 고맙고 필요한 시설이다.
국가 정책에 감사를 드릴만한 일이다.

언제부터인가 어린이집 가혹사건이 사회문제가 되고 있다. 입법까지 추진 중인데 무엇이 장애인지 매우 어려운 듯하다. 이처럼 노인과 관련된 업무도 사후 약방문식이 되지 않도록 함께 생각해 보는 것이 어떨지…….

"자리가 딱 하나밖에 남지 않았으니까 빨리 오세요."

어렵게 연결된 요양병원 측의 대답이었다. 헌데 마음이 썩 내키지 않았다. 자리가 하나밖에 남지 않았다는 말은 시장 바닥의 잡상처럼 고객의 마음을 초조하게 만들기 위한 상술밖에 되지 않기 때문이었다.

게다가 병원 앞에 세워진 간판도 눈길을 끌었다. 대개 요란한 수식은 실속이 없게 마련인데 보건복지부 인증이란 말이 과거에는 인증을 받지 못했다는 말로 이해되었다. 화장이 요란하고 장식이 화려한 여자는 마치 포장이 요란한 화장품과 양주와 같은 것이다. 빈속을 장식으로 숨기려는, 그것은 열등감의 결과이다.

나의 느낌은 빗나가지 않았다. 빈 병실은 층마다 있었고, 병원비는 등급이 없었다. 마지막 갈 곳이 없어서 온 사람들, 오래 살지 못 할 거라는 가족들의 허무와 체념은 옳고 그름을 따질 여유가 없었다. 게다가 가혹 행위는 도를 넘었다.

입원 첫 날이었다. 사람의 첫인상과 인식은 매우 중요한 것이다. 사물과 상황을 판단하는 기준이 된다. 못 볼 것을 보았다. 섬뜩하고 내 가족도 저렇겠지 하는 불안한 마음이었다. 상황으로 보아 의식은 있으나 말도 못하고 스스로 움직일 수도 없는 환자인데 베개에서 머리가 이탈했다고 해서 멱살을 잡아 몇 번이고 침대에다 처박고 나서야 베개를 벨 수 있는 위치로 던지듯 처박았다.

그리고 잠시 후에 식사를 시키는데 이건 밥을 먹이는 것이 아니라 부식과 밥을 한 곳에 몰아 붓고 휘휘 저어 죽을 만든 후 퍼붓는 것이었다. 숨도 쉴 시간이 없었다. 음식을 삼키는 것이 바로 호흡이었다. 일반 사람 같으면 사레라도 걸릴 만한데 용하게도 그냥 넘어갔다. 오랜 시간 그래 왔다는 증거였다.

"식사 끝나셨나요?"

주섬주섬 식판을 몰아가지고 나오며 간병인이 물었다.

못 볼 것을 보았다.
섬뜩하고 내 가족도 저렇겠지 하는 불안한 마음이었다.
상황으로 보아 의식은 있으나 말도 못하고
스스로 움직일 수도 없는 환자인데 베개에서 머리가 이탈했다고 해서
멱살을 잡아 몇 번이고 침대에다 처박고 나서야
베개를 벨 수 있는 위치로 던지듯 처박았다.

"네."

그 시간 가지고 식사를 마칠 시간은 아니었으나 아내가 몇 숟갈 뜨다 말았기에 상을 물릴 수가 있었다.

"이제 그만 나가주셔야 하겠네요."

간병인이 다시 들어와 아내의 식판을 들고 나가면서 말했다.

"여기 버스 시간이 어떻게 되나요."

"벌써 다 끊겼네요."

간병인은 벽에 걸린 시계를 바라보았다.

"하루 몇 번이나 있는데요?"

"두 번 밖에 없어요."

"몇 시, 몇 시예요?"

"두 번 밖에 없어요. 오전 7시에 들어왔다가 10시에 나가고, 오후 5시에 들어왔다가 6시에 나가고요."

아직도 이런 곳이 있다니 산골인지 댐 지역의 섬인지 혼란스러웠다.

"여기 휴게실은 없나요?"

"3층에 있는데요. 어떻게 하시게요?"

"별 수 없잖아요. 병실에선 못 있게 하구요."

"원래는 거기서도 안 돼요."

"여보, 잘 자."

나는 아내의 등을 쓰다듬었다.

"나도 갈 거야!"

아내는 침대에서 내려오려 했다.

"안 돼!"

나는 아내를 제지했다.

"집에 가자!"

용하게도 아내는 해가 지는 걸 알았다. 육감인지 아니면 저녁 식사 시간을 기준으로 삼고 있는지 모르지만 먼젓번 병원에서도 해가 지면 집에 가자고 어린 애처럼 보챘다. 그러나 그때는 나도 함께 있었기에 별로 마음에 두지 않았다.

그러나 이번만은 달랐다. 병의 상태 때문이기도 했지만 낯선 병원에서 처음 헤어진다는 사실이 아주 헤어지기나 하는 것처럼 가슴이 그러나 이번만은 달랐다.
병의 상태 때문이기도 했지만 낯선 병원에서 처음 헤어진다는 사실이
아주 헤어지기나 하는 것처럼 가슴이 허전하고 아내가 가여웠다.
정말 아무도 없는 눈밭에 홀로 버려두는 심정이었다.
문득 어머니가 옛날에 나를 고아원에 데려다놓고
돌아설 때가 이렇지 않았나 싶은 생각이 들었다.

허전하고 아내가 가여웠다. 정말 아무도 없는 눈밭에 홀로 버려두는 심정이었다. 문득 어머니가 옛날에 나를 고아원에 데려다놓고 돌아설 때가 이렇지 않았나 싶은 생각이 들었다. 겹쳐서 철문을 잡고 교도소에 함께 들어가 살자던 모습도 떠올랐다. 울컥 눈물이 솟았다.

"잠깐만 기다려, 원장님 만나고 올게."

나는 아내를 침대에 눕히고 급하게 병실을 나왔다.

"가만히 있지 못해!"

간병인의 거친 목소리가 들렸다. 누구에게 한 말인지는 모르겠으나 '바로 이것이구나' 싶은 생각이 들었다, 요양병원 가혹행위가.

"아저씨! 왜 들어오세요?"

나는 다시 병실로 들어갔다.

"아주머니 오늘 밤만 봐주시면 안 될까요."

나는 간병인이 묵인하면 가능하다고 보았다.

"누구 짤리는 거 보시려구 그러세요."

"정말 못 견디겠네요, 불쌍한 생각이 들어서."

"처음엔 다 그랬어요. 그러나 날이 새면 다시 보실 수 있지 않아요."

나는 다시 병실에서 나왔다.

"나도 갈 거야!"

아내의 절규 아닌 비명이 들려왔다. 이런 때 정이란 원망스러웠다. 정이 아니라면 아내가 애처로울 게 없지 않은가. 뼈를 깎는다는 말이 바로 이런 때가 아닌가 싶었다.

휴게실은 꽤 넓었다. 창가에 긴 소파가 몇 개 있었고, 벽에는 대형 텔레비전이 걸려 있었다. 그리고 텔레비전 앞에는 1인용 둥근 의자가 몇 개 있었고, 거기에는 안노인네 몇 사람이 앉아서 텔레비전을 보고 있었다.

집에서도 그랬지만 뉴스가 아니면 별관심이 없는 나는 소파에 누워 잠부터 청했다. 사람이 있을 때 조금이라도 자두는 게 좋을 것 같았다. 그러나 잠이 오지 않았다. 나는 일어나서 아내가 있는 병실 앞에서 서성거렸다. 혹시나 무슨 소리가 나면 들어가기 위해서였다.

이렇게 오르내리기를 몇 차례. 시청하던 노인네들은 다 들어가고 텔레비전도 꺼졌다. 그런데 휴게실이 있는 동의 남자 환자들이 들락거렸다. 엘리베이터 화살표를 보니 대개 옥상으로 오르내렸다. 눈치

집에서도 그랬지만 뉴스가 아니면 별관심이 없는 나는 소파에 누워 잠부터 청했다.
사람이 있을 때 조금이라도 자두는 게 좋을 것 같았다.
그러나 잠이 오지 않았다.
나는 일어나서 아내가 있는 병실 앞에서 서성거렸다.
혹시나 무슨 소리가 나면 들어가기 위해서였다.

가 담배를 피우기 위해서인 것 같은데 조금 떨어진 곳에 간호사실이 있었으나 누구도 제지하는 사람이 없었다. 그 정도는 묵인하는 눈치였다. 그 바람에 나에게도 누가 뭐라는 사람이 없었다.

으스스 한기를 느꼈다. 잠이 들었었던 모양이다. 나는 화장실에 들어갔다. 정신을 차리기 위해서였다. 그러나 냉수는 나오는데 온수가 나오지 않았다. 나는 세면기 밑에 온수라인의 메인 밸브를 열었다. 보일러 기술은 자연적으로 설비기술도 겸하는지라 쉽게 밸브를 찾았다.

그러나 마음이 섬뜩했다. 그것은 연료를 아끼기 위한 조치임이 틀림없는데 방문객들에 대한 배려가 이 정도라면 환자들의 처우를 미루어 생각할 수가 있기 때문이었다.

"안녕하세요."

아침 식사 시간이 되었다.

나는 식판을 나르는 간병인에게 인사를 하고 병실로 들어갔다.

"여보, 잘 잤어요."

아내는 내가 옆에 오는 것도 모르고 식판을 나르고 있는 간병인만을 바라보고 있었다. 아마도 밥을 기다렸던 모양이다. 나는 아내의 손을 당겨 잡았다. 그제서야 아내는 나를 쳐다보며 손에 힘을 주었다.

"왜 또 지랄이야!"

간병인이 식판을 돌리고 나오는 길에 어제 그 환자에게 똑같은 행동을 했다.

"잠시도 다른 일을 할 수가 없어."

남의 일 같지 않았다. 어제도 그런 생각이 들었지만 내 아내도 그런 일을 당할 거란 생각이 들었다. 만일 그럴 경우 어떻게 문제를 풀어야 할까. 방법이 떠오르지 않았다. 혹시 감시 카메라라도 있나 하고 천정 구석구석을 살폈지만 아무것도 없었다.

범죄 예방을 위해서 아파트 공원이나 어린이 놀이터에 감시카메라를 설치한다면 홀라당 벗고 춤이라도 춘다는 건지 사생활 노출이니 인권 침해니 하고 주민들이 반대한 예들이 있었다. 마찬가지로 병원 병실도 그래서 카마라가 없는 것인지 모르지만 환자의 사생활이 노출되면 얼마나 노출되며 인권 침해라고 하면 가혹행위에 비할 수 있을까?

아마도 당국에서 감사라도 나오면 문제가 생기는 것이 싫어서 의도

"잠시도 다른 일을 할 수가 없어."
남의 일 같지 않았다.
어제도 그런 생각이 들었지만 내 아내도 그런 일을 당할 거란 생각이 들었다.
만일 그럴 경우 어떻게 문제를 풀어야 할까.
방법이 떠오르지 않았다.
혹시 감시 카메라라도 있나 하고 천정 구석구석을 살폈지만 아무것도 없었다.

적으로 설치하지 않았다는 생각이 들었다. 그렇다면 당국에서 미리 착안할 수는 없는 건지? 시아버지가 며느리보고 '이년!' 하니까 머슴도 '이년' 했다는 식으로 오해될지 모르지만 우리의 의식 수준이 언제까지 뒷북만 칠지 암담하기만 하다.

"새로 오신 분이군요."

식사가 끝난 잠시 후 옆 침대 환자 남편인 듯한 노인이 의자를 끌어다 앉으며 말을 건넸다.

"네, 안녕하세요."

"많이 힘드시지요."

"아픈 사람도 있는데, 저야 뭘…."

"내남없이 길게 고생하지 말고 어서 가야 하는데 그게 어디 맘대로 되나요."

"여기 오신 지는 얼마나 되셨어요."

"10년이요."

"그런데 언제부터 저렇게 건강이 나빠셨어요?"

"여기 오면서부터요."

"병명은 어떻게 되는데요?"

"듣고도 생각이 안 나는군요. 신경인가 근육인가 무슨 증후군이라고 하던데요."

대개 원인을 알 수 없을 때 붙이는 편리한 이름이 아닌가 싶다. 무식의 소치지만.

"어차피 병원에 있으나 집에 가나 죽을 일만 남았는데 병원비 들여가며 집에 가지 못하는 건 간병문제 때문이에요. 밥하고 빨래하고 반찬하고, 잠시 해 봤는데 그건 둘이 다 못할 일이에요. 애쓰고 하면 먹어 줘야지요."

"자녀들은요?"

그래도 집으로 가면 가혹행위는 없을 게 아니냐고 하고 싶었으나 억지로 참았다. 문제가 생기면 증거를 대야 하는데 법적인 증거를 댈 수가 없지 않은가. 잘못하면 명예훼손에다 허위사실 유포죄로 철창신세가 될 수도 있지 않은가. 병원 상대로 싸워서 이긴 예는 언론과 사회가 들끓은 사건 말고는 없지 않은가. 위장수술 후 배 속에 가위가 들어 있었어도 척추수술 후 상처 속에 거즈가 들어 있었어도 통증의 그래도 집으로 가면 가혹행위는 없을 게 아니냐고 하고 싶었으나 억지로 참았다. 문제가 생기면 증거를 대야 하는데 법적인 증거를 댈 수가 없지 않은가. 잘못하면 명예훼손에다 허위사실 유포죄로 철창신세가 될 수도 있지 않은가. 병원 상대로 싸워서 이긴 예는 언론과 사회가 들끓은 사건 말고는 없지 않은가.

원인이 그것 때문이라고 볼 수 없다는 판결도 있지 않았는가.

"자식들 아무리 많으면 뭘 합니까. 뜯어가지나 않으면 다행이지요."

냉정히 따지고 보면 독립해 나가서도 부모에게 의존하는 것은 부모의 책임이다. 도덕적으로 독립하도록 의지를 기르지 못한 책임과 경제적으로도 한 번 독립할 때 도와주지 못한 책임이다. 심장을 찔러 이야기한다면 재벌 자식은 부모에게 손 벌리지 않는다는 사실이다. 판・검사, 의사 또는 변호사, 국회의원도 그렇다.

그런데 대개 그런 자식들은 부모에게 소홀하다. 그것을 세상은 불효자식이라고 한다. 이 점에 대해서 나는 좀 더 깊이 생각해 보아야 한다고 본다. 정말 부모를 무시하는 자식도 없지 않다. 그러나 자기 일에 열중하다 보니 미처 살펴보지 못한 경우도 있다.

부모가 자식 기를 때 무엇이라 가르치고 무엇을 바랐는가. 열심히 배우고 노력해서 훌륭한 사람이 되라고 했다. 훌륭한 사람이 되라는 건 인격적으로나 도덕적으로 남에게 존경받는 사람이 되라는 뜻도 있지만 살면서 등 따뜻하고 배 부르라는 뜻도 있다.

그러면 됐지, 뭘 또 바라는가. 부모가 의식을 바꿔야 한다. 정은 진실 하나만으로 충분하고 경제적으로는 너 따로 나 따로 살아야 한다. 50이 넘도록 시집도 장가도 못간 자식들이 효자일 수는 없다.

"여기 병원에 있는 사람들은 다 그래요. 휴게실에서 들어보면 죽지도 않고 최하가 5년이에요."

나는 왠지 섬뜩한 생각이 들었다.

괴물영화 뒤에는 신약개발 과학자들이 있었던 사실이 문득 떠올랐다.

"어제 밤에 뒤지게 맞았어!"

아내는 며칠째 똑같은 말을 했다. 얼마나 기를 죽여 놨는지 귓속말로 했다. 이럴 때마다 심장이 뛰었다. 옆 침대 환자에게 하는 것을 보면 충분이 상상이 되었다. 병원 측에 항의나 진정을 해 봤자 오히려 역효과만 날 게 뻔했다. 무인 카메라라도 있다면 증거가 되겠지만 그것마저 없고, 더욱이 환자의 말은 믿어주지 않을 것이다. 치매라는 엉뚱한 진단 때문이다.

"어제 밤에 뒤지게 맞았어."
아내는 며칠째 똑같은 말을 했다.
얼마나 기를 죽여 놨는지 귓속말로 했다.
이럴 때마다 심장이 뛰었다. 옆 침대 환자에게 하는 것을 보면 충분이 상상이 되었다.
병원 측에 항의나 진정을 해 봤자 오히려 역효과만 날 게 뻔했다.

의사의 말은 그만큼 절대적이다. 분명히 말하지만 아내의 정신상태는 지극히 정상적이었다. 그때 만일 아내가 치매에 걸렸다면 3년이 지난 오늘날에도 증상이 있어야 할 게 아니냐는 말이다. 근본적인 해결책은 아니지만 방법은 한 가지가 있었다. 그것은 경찰이 출동하고 기자들이 몰려올 만한 사건을 저지르는 것인데 당장은 속이 후련하고 관리감독에 참고가 되겠지만 나는 어떻게 되겠는가.

내가 없는 아내는 누구에게도 보호받지 못할 것이다. 숭례문 방화사건이 그렇고 타워크레인 시위사건이 그렇지 않았던가. 잠시 시민의 동정은 받았으나 법의 동정은 받지 못한 것 말이다. 내가 없는 아내는 어찌 되겠는가.

나는 혹시나 하는 마음에서 조용한 곳으로 간병인을 불렀다. 자존심 체면 따질 때가 아니었다. 옆 침대 그 보호자의 말대도 미리 사례를 하고 부탁을 하기 위해서였다. 상납이란 말로 옳은 표현이 될지 모르지만 한 달에 한 번씩 수고비 명목으로 봉투를 주는 건 환자 가족들이 다 알고 병원에서도 묵인하는 바라고 했다.

"아저씨, 무슨 말을 하려는지 다 아는데요. 아무 말도 마세요."

그는 먼저 입을 열었다. 환자 가족들로부터 똑같은 말을 들어왔다는 태도였다.

"하고 싶은 말 있으면 병원에다 하세요. 우리도 사람인데 먹고 자고 쉬어야 할 게 아니에요. 그러자니 시간이 모자라는데 손해는 환자들에게 돌아갈 수밖에 없지요."

그도 불만의 응어리가 있었다.

"병원에서 자기네 돈 벌자고 사람 적게 쓰지요. 게다가 인건비는 한국사람 반밖에 안 되지요."

"얼마나 받는데요?"

나는 확인하고 싶은 게 있었다. 처음 원무과장과 병원비를 정할 때 들은 간병인 급료에 대해서.

"백이십만 원이요. 주간 야간 두 머리 다 하구요."

원무과장은 2백만 원을 준다고 했다. 병실 하나에 5명씩인데 간병인 월급 주고 나면 남는 게 없다고 했다.

"의사 월급 주고, 간호사 월급 주고, 세금 내고…."

원무과장 말은 꼬리에 꼬리를 물었다.

진정 우리는 일자리가 없어서 놀고먹는 사람들뿐인가?
하면 외국인들의 일자리는 애초에 누구의 자리였나? 우리의 자리가 아니었다.
사실 나는 외국인들이 열심히 일하는 걸 보면서 한국 사람들이 밉기까지 했다.
아직도 멀었다고, 배를 더 곯아보아야 한다고 생각했다.

"아저씨는 그걸 아셔야 해요. 우리 조선족이나 중국 사람들은 돈 벌자고 천리 타향에 왔기 때문에 모든 걸 참고 견디지만, 한국 사람들처럼 머리에 띠를 두르고 나서면 한국경제는 마비가 돼요."

어디가 어떻게 잘못 되었는지 나는 잠시 혼란스러웠다. 외국 근로자들의 눈에 비친 한국이 겨우 이 정도인가. 부끄럽기도 하고 무시당하고 비웃음 당함이 오히려 후련하기도 했다.

진정 우리는 일자리가 없어서 놀고먹는 사람들뿐인가? 하면 외국인들의 일자리는 애초에 누구의 자리였나? 우리의 자리가 아니었다. 사실 나는 외국인들이 열심히 일하는 걸 보면서 한국 사람들이 밉기까지 했다. 아직도 멀었다고, 배를 더 곯아보아야 한다고 생각했다. 그래봐야 우리 노인네들만 등골 빠지지만 잘난 자식들 때문에….

"우리 식구 잘 좀 부탁해요."

나는 그의 입을 막았다. 그리고는 옆 침대 보호자의 말대로 미리 준비한 봉투를 건넸다. 딸내미 초등학교 때 담임선생을 만났을 때의 기분과 같았다.

26

그래 죽자, 집에 가서

"가자! 집에 가자!"

며칠간 말도 없고 표정도 없던 아내가 다시 말을 하기 시작했다. 이제 끝나는가 싶어서 몇 군데 장례비까지 알아봤는데 또 한 번의 기적이 온 것이다. 병원에 오래 다니다 보니까 나는 아내에 대해서 의사가 착안하지 못한 점을 착안하기도 했다. 더러 맞는 경우도 있었다. 이번에도 그런 생각이 들었다. 중단한 약에 관해서 말이다.

입원 당시 원장은 가져온 약이 떨어지면 그대로 처방을 한다고 했다. 그러나 약이 떨어진 지 2주일이 넘었는데도 주지 않았다. 회진을 언제 하는 건지 만날 수가 없었고 매일 비슷한 시간에 수간호사만 한 바퀴씩 돌고 갈 뿐이었다.

아마도 그것이 회진을 대신한 모양인데 떨어진 약에 관해서는 처음에는 기다리라고만 하더니 나중에는 원장님이 다 알아서 하고 있으니 조용히 하라고, 이건 부탁이 아니라 나무라는 조였다. 당장 퇴원을 하고 싶었으나 투석 관계로 망설일 수밖에 없었다. 하는 수 없이 나는 수술 받은 병원에 가서 처방을 받아왔다.

그리고는 간병인조차 모르게 약을 먹이기 시작했다. 며칠 안 가서 나는 결심했다.
퇴원하기로, 죽어도 집에 가서 죽기로.
병원이 의심스러운 게 아니라 무서웠다.
어떻게 식물인간으로 몇 년씩 살고 있는 건지 알 수가 없었다.
직접 주지도 않고 저녁마다 간병인에게 한 알씩 맡기는 그 약의 정체도 궁금했다.

아내의 눈빛에 생기가 돌고 전에 하던 대로 집에 가자는 말을 애타게 하기 시작했다. 나의 가슴도 가랑잎 소리가 날 만큼 타들어 갔다.

나는 결심했다. 퇴원하기로, 죽어도 집에 가서 죽기로. 병원이 의심스러운 게 아니라 무서웠다. 어떻게 식물인간으로 몇 년씩 살고 있는 건지 알 수가 없었다. 직접 주지도 않고 저녁마다 간병인에게 한 알씩 맡기는 그 약의 정체도 궁금했다. 많은 사람이 이야기하듯 그것은 수면제라고 하는데 그렇다면 치료 방법은 따로 없는 것이다. 게다가 퇴원소견, 즉 전원소견서를 받아 든 나는 또 한 번 궁금하고 놀라지 않을 수 없었다.

영어로 가득한 글이어서 내용은 파악할 수 없으나 이만큼 치료를 하고 약을 주었다는 내용으로 여겨지는데 청진기 한 번 대본 일이 없지 않았는가. 내가 자리를 비운 때가 언제였는지, 그때 회진을 했다면 할 말이 없다.

퇴원한 아내는 무섭게 통증을 호소했다. 수술한 의사를 찾아갔으나 아무런 이상이 없다고 했다. 하는 수 없이 신문을 통해서 많이 알려진 병원을 찾아갔다. 이번에는 콘크리트를 쳤다. 역시 마찬가지였다. 또 다른 병원을 찾아갔다.

이번에는 같은 의사가 3일 간격으로 같은 수술 자리를 쨌다. 그래도 환자 상태는 변한 게 없었다. 체념하는 수밖에 없었다. 미워서가 아니라 차마 그 몸부림을 볼 수가 없어서 차라리 죽는 게 낫다고 생각했다. 나는 이런 과정에서 의사의 기술은 훌륭했으나 관심이 부족한 것을 알 수 있었다.

이야기가 약간 다르지만 나는 보호자 없는 수술을 열네 살에 편도선 수술 말고도 다섯 번이나 받았다. 무릎 두 번, 척추 두 번, 전립선 한 번이었다. 두 번째 무릎수술은 인공 관절을 넣고도 일주일 만에 퇴원했고, 척추 첫 번째 수술은 3일 만에 퇴원을 했다.

그게 문제였다. 애초에는 비수술이라고 광고를 내놓고 막상 환자들이 몰려 왔을 때는 너무 상태가 악화되어 수술이 아니면 치료가 어렵다고 했다. 다른 데 가도 마찬가지란 말에 어쩔 수 없이 수술을 받을 수밖에 없었다.

그러나 후유증이 심해서 다른 병원에 갔더니 척추를 걸레를 만들어

통증이 없을 리 없었으나 참으면서 견뎠다.
정상 활동을 하는 데는 시간이 필요했지만 통증이 사라지는 데도 시간이 필요했다.
의사는 아내에게 잡아 째는 것만이 능사가 아니라 이 점을 이해시켜야만 했다.
결국 아내도 체념하고 나니까 시간이 해결해 주었던 것이다.

놓았다는 것이었다. 신경 압박 부위 척추관의 뼈를 기구로 뜯어냈다는 것이었다. 철심을 여러 개 넣는 두 번째 수술을 하고도 나는 일주일 만에 퇴원을 했다. 그리고도 즉시 고추밭을 매주고 소독약을 뿌리곤 했다.

통증이 없을 리 없었으나 참으면서 견뎠다. 정상 활동을 하는 데는 시간이 필요했지만 통증이 사라지는 데도 시간이 필요했다. 의사는 아내에게 잡아 째는 것만이 능사가 아니라 이 점을 이해시켜야만 했다. 결국 아내도 체념하고 나니까 시간이 해결해 주었던 것이다.

한해 본인 부담금 환급금이 5백만 원이 넘었다면 무엇을 의미하는가? 아는 사람은 알 것이다. 병원도 경영단체임을 누가 모르겠는가. 이해한다. 그러나 법과 원칙을 병원만 지키라는 건 아니다. 법과 원칙을 지키라고 세상을 향해 소리치는 사람이 자신은 지키지 않는다는 양심의 세계에서 어찌 그것을 바라겠는가.

허나 생명만큼은 소중히 여겨 가면서 벗길 것은 벗겨야 하지 않겠는가. 옷만 벗겨야지 가죽까지 벗긴다면 병원에 온 의미마저 없지 않은가. 사실 위장전입 처벌 법관이 자신은 더 많이 위장전입하고도 국

무위원이 되었다.

"어르신 큰절이라도 올리고 싶습니다."

"절은 제가 올려야지, 왜? 교수님이…."

"아니에요. 처음 보는 케이스예요."

담당 의사의 설명은 다음과 같았다.

보통 뇌경색이라고 하면 뇌혈관이 막히거나 터진 경우를 말하는데 이때 약물 또는 기계적 방법으로 조치를 취할 수 있는데 나의 경우는 머리 둘레로 빵 돌아가며 실핏줄이 하얗게 막혔다는 것이었다. 이런 경우 약물요법 밖에 시행할 수가 없는데 이것을 다 뚫다 보면 사람이 살 수가 없다는 것이었다. 결국 결과를 지켜볼 수밖에 없는데 깨어난 것만으로도 기적이란다.

아내는 5남매 중 막내였다. 어머니는 아내 출산 중에 잘못 되시고 아버지는 아내 열 살 먹어서 세상 떠나셨다.

할머니 밑에서 자란 아내는 울면 안 되는 게 없었다. 그 시절에 가난

2월 초였는데 날씨가 꽤나 추웠다.
나는 정자에 앉아서 술을 마셨다. 도저히 마음이 진정되지 않았다.
핑계지만 술은 나에게 진정제였다.
금방 세상을 포기하고 싶을 만큼 속이 꼬이다가도 한잔 마시고 나면
'그래 인생이란 거 다 그런 거지' 하고 마음이 너그러워졌다.

하지 않게 살았고 크지 않은 마을이었지만 동네사람 거의 다 친척들이었다. 이렇다 보니 어린 게 불쌍하다고 과잉보호를 받았다.

열여덟 살에 집을 나가서 한 집에서만 서른이 넘도록 살았으니 주인집도 가족처럼 정이 들었다. 처음에는 어리고 불쌍해서 실수가 있어도 탈 없이 넘어갔는데 나이 들어가면서도 정이 들다 보니 잘못을 잘못으로 보지 않았다. 결혼 후에도 그 의식은 바뀌지 않았다. 상황, 형편 고려 없이 필요하면 충족되어야 했다. 어렸을 때 우는 심리, 바로 그것이었다.

나의 혈압은 지극히 정상이었다. 혈압에 문제가 생기던 그날 낮이었다. 5분만 참아주면 약 타고 장애인 택시 타고 투석 받는 병원에 갈 텐데 그동안을 참아주지 않았다. 아무리 설득하고 또 설명해도 소용이 없었다. 좀 더 아내를 이해하고 편안한 마음을 가졌어야 했는데 몹시 갈등했다.

2월 초였는데 날씨가 꽤나 추웠다. 나는 정자에 앉아서 술을 마셨다. 도저히 마음이 진정되지 않았다. 핑계지만 술은 나에게 진정제였

다. 금방 세상을 포기하고 싶을 만큼 속이 꼬이다가도 한잔 마시고 나면 '그래 인생이란 거 다 그런 거지' 하고 마음이 너그러워졌다.

만일이 될지, 아니면 그 반대가 될지 모르지만 아내가 떠나고 난 뒤의 내 모습을 그려본다. 외로울 것이다. 그리울 것이다. 그러나 무엇보다도 후회가 제일 나를 슬프게 할 것이다. 수도 없이 반복해 온 말이지만 나의 인생길은 이미 그려져 있다. 그 길을 나만 모를 뿐이다.

그러나 외로울 것만은 분명하다.

재탕되는 말이지만 잘 보이지 않는 눈으로 나를 더듬을 때 모든 고통으로부터 떠나고 싶을 때, 어찌 저 여인을 홀로 남길 수 있을까 하는 마음으로 눈물이 난다. 저 여인이 눈 감을 때까지 옆에 있어야 한다는 생각으로 또 눈물이 난다.

잡는다고 잡아질 것도, 놓는다고 떠날 것도 아니지만 분명한 것은 떠나는 사람이야 편안하겠지만 남은 사람 어쩌라고…….

그리움도, 슬픔도, 외로움도 끊어지지 않는 정 때문인 걸 어찌 하랴! 진정 지나온 길을 생각하면 더 살고픈 마음 하나도 없다.

그러나 살아야 한다. 아내를 요양원에 보낼 수 없기 때문이다.

27
미리 쓴 이별의 노래

오지 않은 이별을 두고 미리
슬퍼하지 말자고 했는데
이제 그 이별이 왔다면
슬퍼해도 되는가!
울어도 되는가!

어느 때인가는 인간으로 태어나서 좋은 것 만지지도 못하고
느끼지도 못할 바에는
차라리 죽는 게 났다고 생각했는데
나는 왜 슬퍼해야 하는가!
잠시도 마음을 놓을 수 없는
시선도 뗄 수 없는
그 속박의 철사 줄이 끊어졌는데
숨을 몰아쉴 때마다
가슴을 짓누르던
그 바위 덩어리가 굴러갔는데

춤을 출 일이지 울기는 왜 우는가!

바라보는 것으로 생존의 의미를 부여하고

물처럼, 바람처럼— 생명의 근원—
내 가정을 둘러쌌던 울타리가
무너진 때문인가!

이 모양 저 모양 보지 않으려는
결심은 없었는가.
그러나 그것은
그 어떤 가혹행위보다 잔인한
폭력 행위임을
죽어서도 용서 받을 수 없는 죄악임을
가슴으로 후회하고 반성하지 않는다.

나에겐 이제 하나님이 없다.
한 번만 살려달라고
천국도 지옥도 허기가 지지 않아야
다리를 써야 갈 게 아니냐고
단 하루를 살아도
건강하게 살다가 가게 해달라고
얼마나 이마를 짓찧었던가.

십자가를 바라보며 눈물짓는 여인
교회 뜨락만이라도 밟아보기를 원하는 그녀를
외면하는 신이 과연
하나님일 수 있는가!

의사도 없다.
유언 한 마디 남기게 해달라고
가랑이가 찢어지도록 매달리지 않았던가.

그런 나는 또 아내에게 어떤 존재였나?
대신 아파본 일이 있는가?
함께 굶어본 일이 있는가!
콩 한 포기 심는 시간에 손잡고
함께 걸어야 하지 않았는가!
이대로 가도록 내버려 두라고 할 때
고통을 덜어주기 위해서라도
간섭하지 말았어야 하지 않았는가.

더 살기를 바라는 게 애정이 아니라
고통 없이 죽기를 바라는 게 애정이라면
위선이라 하겠지만
잠시도 멈추지 못하는 신음은
살점을 뜯어내는 고통이었다.

팔자 좋아서

잠들었다 깨어나지 않은 것 말고
이별 앞에서 누구나 다 겪는 고통이지만
칼 자리만 열 군데
36년 —최초 척추골절 1983년— 병상생활
이건 너무 가혹한 형벌이다.

오죽했으면 아내가
자기 죽거든 병들어 고생하지 말고
자살하라 했겠는가.

아~ 인생은 어차피 홀로라지만
그리움은 왜 두고 가는가!
외로움은 왜 놓고 가는가!

맺으며

쓰면서도 그랬지만 다 써놓고 보니 초라하고 아쉽다. 그러면서도 좀 더 시간을 두고 익히지 못한 것은 시간이 바빠지는 시력과 원고지 한 장을 한 번에 메꾸지 못하는 건강 때문이다.

몇 번이고 포기하고 싶었다. 하지만 내 글을 정성껏 보아주는 독자가 있기에 그럴 수가 없었다. 그것이 유일한 위로였다. 부끄러운 이야기지만 내 글에 대해선 내 가족들도 관심이 없다. 평생 원고지 한 장 사준 예가 없고, 글보다는 내 가정이 먼저라는 생각과 실천으로 살아왔는데도 아내는 불만이었다.

나는 톨스토이처럼 살림살이가 죽이 되는지 밥이 되는지 모르고 살지는 않았다. 톨스토이는 예술적으로는 성공한 사람이지만 인간적으로는 불행한 사람이었다. 아내가 말 못할 악처라는 사실과 톨스토이 자신이 시골 어느 역에서 쓸쓸히 세상을 떠났다는 사실이다. 아내가 악처가 된 것은 톨스토이가 가정을 돌보지 않았기 때문이다.

나보다 유명한 작가들도 자신을 알아주는 맛에 살고 그 맛에 글도 쓴다고 하는데 나 같은 사람이야 말해서 무엇 하겠는가. 나에게는 다음 작품을 기다리는 독자가 있다. 얼마나 힘이 되는 일인가.

그래서 마지막이 될지 모르는 이 글을 썼고 이 원고를 복사해 주고 교정도 보아준 독자가 있는데 그에게도 진심으로 감사하며, 그런 운이 없겠지만 책이 조금 팔린다면 사례할 것이다. 백 마디 말로 하는 감사보다 빵 한 조각의 실천이 더욱 진실된 표현임을 나는 안다.

또 글이란 남에게 감동을 주는 진심이어야 하는데 감정이 앞선 점도 없지 않다. 허나 감정을 숨기는 위선보다 솔직한 감정이 더욱 고귀한 진실이라 믿기에 돌아가려 애쓰지 않았다.

기회가 없어서 말하지 못했지만 감방별곡의 저자이며 김지하 구명 밀서를 교황청에 보냈던 전병용 형에게 내가 받은 정의의 감정과 신세를 잊지 않고 있음을 고백한다.

어머니의 아리랑

지은이 / 조춘성
펴낸이 / 김정희
펴낸곳 / 지구문학

03140, 서울시 종로구 종로17길 12, 215호(뉴파고다 빌딩)
전화 / (02)764-9679
팩스 / (02)764-7082

등록 / 제1-A2301호(1998. 3. 19)

초판발행일 / 2019년 2월 25일

값 15,000원

E-mail/jigumunhak@hanmail.net

ISBN 978-89-89240-09-9 03810